Michel HATON

Le secret du grimoire maudit

Roman celtique

© 2021 Michel Haton
Édition : BoD – Books on Demand,
12/14 rond-point des Champs-Élysées, 75008 Paris
Impression : BoD - Books on Demand,
Norderstedt, Allemagne

Conception couverture et illustrations : © Michel Haton
Contact : michelhaton67@gmail.com

ISBN : 978-2-322377237
Dépôt légal : Juillet 2021

Nous sommes en l'an 582, vers la fin du VIᵉ siècle de notre ère, après la chute de l'Empire romain. Ce récit se déroule dans une période paisible, après la terrible année 536, qui fut la plus catastrophique de tous les temps. En effet, cette année-là vit apparaître de nombreux nuages opaques qui obstruèrent les rayons du soleil pendant dix-huit mois, déclenchant une peur que le soleil ne réapparaisse jamais. Ces nuages provenaient d'une énorme éruption volcanique beaucoup plus puissante que celles connues jusqu'alors. Recouvrant toute la planète, ils provoquèrent un refroidissement général qui empêcha l'agriculture de prospérer et furent la cause d'une famine mondiale. Les carences alimentaires avaient déjà fait disparaître plusieurs civilisations, provoqué des migrations humaines et des guerres pour la recherche de nourriture.

L'oppidum de Naletacum

I

Cette histoire débute par une journée calme et ensoleillée du printemps commençant. Le petit village de Naletacum, un oppidum tranquille, était situé au nord de l'immense empire celte et se trouvait au bord de la mer du Nord, lové entre mer et montagnes. Il était constitué de maisons construites le plus souvent en bois, en terre (torchis) avec des toits de chaume (paille ou roseaux). Les habitations n'avaient le plus souvent qu'une seule pièce sans fenêtres où vivait toute une famille, voire plusieurs dans les maisons plus grandes. Dordmair, la sorcière rousse, veillait à la sérénité des lieux, depuis son tertre situé non loin des fortifications de troncs d'arbres disposés en palissade tout autour de la petite agglomération. Comme toutes les sorcières, elle avait une démarche voûtée caractéristique, une difformité de naissance comme signe de reconnaissance. Son antre était un capharnaüm où s'entassaient grimoires de vélin en équilibre instable et quelques éprouvettes colorées et bouillonnantes pour ses expériences d'enchantements magiques et autres philtres d'amour. Des ustensiles étranges et fatigués dont elle seule connaissait l'usage, des bouteilles et des fioles dont on ne savait exactement ce qu'elles avaient contenu mais dont la couleur inspirait peu confiance remplissaient son unique étagère poussiéreuse. Plusieurs sorbiers étaient plantés devant le tertre, car leurs baies étaient très utilisées pour les incantations magiques. Quelques pommiers aussi, arbres sacrés où vivent les dieux, couverts de fruits toute l'année. Maintes fois, elle avait chassé les mauvais esprits des menaces incessantes d'attaques visant à détruire la bourgade. À chaque fois, la puissance de sa magie avait fait merveille en anéantissant les velléités d'invasion de nombreux ennemis.

Elle avait aussi réussi à empêcher une importante invasion viking. Un guetteur posté sur la plage avait signalé l'arrivée de drakkars en soufflant dans sa corne. Reconnaissables à la figure de proue à tête de dragon, plusieurs se dirigeaient droit sur le village.

🔺

Ces bateaux fins, à faible tirant d'eau, pouvaient embarquer chacun une cinquantaine d'hommes. Quand les guerrières et guerriers vikings arrivaient sur une terre nouvelle, c'était pour la conquérir. Ils pillaient, tuaient, violaient et mettaient le village à sac avant de le détruire par le feu. Ils capturaient quelques habitants en bonne santé pendant leurs pillages pour les vendre ou les ramener chez eux et les garder comme esclaves. Après leur passage, il ne restait bien souvent qu'un spectacle de désolation, des cadavres entiers ou démembrés gisant à même le sol, baignant dans le sang et les cendres.

🔺

Dordmair se rendit sur la plage pour évaluer la situation : il s'agissait bien d'une attaque viking. Avant que les nombreuses embarcations n'atteignent la plage, elle envoya un souffle puissant dans les voiles rectangulaires des drakkars, à l'aide d'une amulette wicca gravée d'un pentacle, brisant même les mâts de certains bateaux. Les nageurs (rameurs) vikings avaient beau combattre pour essayer d'avancer, ils ne faisaient qu'entrechoquer les rames qui se brisaient dans des bruits effroyables accompagnés de cris furieux. La tempête de Dordmair était trop puissante et ils ne pouvaient la combattre malgré leur grande détermination. Les embarcations filaient rapidement vers le large sans pouvoir intervenir. Elles se retournaient et se heurtaient, certaines coulaient. Après cette débâcle, on ne les revit plus jamais.

▲

Ce matin encore, elle était en train de tirer les runes afin de réaliser des prédictions pour se préparer à trouver des parades contre d'éventuelles nouvelles attaques. Elle s'était installée dans le *nemeton*, la clairière sacrée pour les divinations et les cérémonies rituelles, ce sanctuaire celtique réservé aux druides et aux sorcières. Dordmair avait apporté tout le matériel nécessaire pour ce rituel destiné à sa puissance magique. Elle s'installa près du grand saule, après lui en avoir demandé la permission, et sortit ses pierres de runes d'un petit sac en cuir qu'elle jeta sur un tissu de laine. Elle écarta les pierres tombées à l'envers et après quelques incantations et formules magiques, se mit à étudier la signification des runes lisibles. Tout en interprétant les signes, elle les lut à haute voix :
« Je vois une grosse tempête s'abattre sur Naletacum. Sans doute une nouvelle tentative d'invasion et de destruction qui s'annonce, mais dont je ne connais encore pas la nature exacte. Un cataclysme, une épidémie ou une guerre ; dans tous les cas, je suis prête à contrer cette menace, quelle que soit sa nature et d'où qu'elle vienne. Pour les catastrophes naturelles, ma puissante magie avait fait des merveilles lors du dernier tremble-

ment de terre où j'ai réussi à calmer la fureur du volcan et à épargner le village en déviant les nuées ardentes et les coulées de lave qui avaient anéanti toute la région. En cas d'épidémie, je suis aussi en mesure de l'enrayer, comme l'immense vague de peste bubonique…

⚜

Cette épidémie (de 541 à 767), dite de Justinien a touché une grande partie du monde celte. Elle fut causée par une maladie des rongeurs, véhiculée par les rats voyageant dans les cales des bateaux de commerce, puis transmise à l'homme par les puces de rats infectés, puis transmise d'homme à homme. Elle provoque l'apparition de pustules sur tout le corps, de fièvre et de délires. Elle a causé la mort de 100 millions de personnes… en épargnant les habitants de Naletacum.

⚜

S'il est question d'une guerre, nos vaillants combattants enduits de guède, une peinture végétale bleue pour paraître plus grands et ainsi effrayer l'adversaire, ont su repousser les attaques ennemies sans que j'aie même eu à intervenir. Ils vaincront toujours si un conflit se présente aux portes du village. J'ai également combattu avec succès Knucker, le dragon aquatique blanc aux yeux globuleux, venu nous attaquer par la mer. Il eut tout de même le temps de mettre le feu à plusieurs maisons avant que je lui envoie un sort maléfique à base de glace qui l'empêcha de cracher du feu ; il repartit en s'enfonçant dans les flots et en grognant pour ne jamais revenir. Quelle que soit la menace, les habitants trouveront la force de la combattre et de sortir vainqueurs de l'épreuve… avec ou sans mon intervention. »

Dordmair n'était tout de même pas très rassurée par cette nouvelle menace dont elle ne connaissait pas la nature, ni l'origine, ni le moment où elle allait survenir. Elle se tenait sur ses gardes. L'âge avançant, elle se demandait si elle aurait encore la force de déjouer tous les pièges et dangers qui menaçaient l'oppidum. Après réflexion, un sourire optimiste sur son visage lui fit penser qu'elle en était toujours capable et que tout était possible. Elle rangea ses pierres de runes dans le sac en cuir et le tout dans son tissu, puis se dirigea vers son tertre dans lequel elle s'engouffra.

II

Naletacum semblait calme et paisible. Les gens vaquaient à leurs occupations en toute sérénité autour de l'étang de la grande place du village où grouillaient canards colverts, poulets, oies cendrées et autres cochons se vautrant dans la boue. De jeunes enfants couraient derrière les volatiles, lesquels perdaient quelques plumes qui retombaient sur l'eau en flottant à la surface comme de petites voiles légères. Brioc O'Donnell, le chef du village, portait un nom de saint celte, un nom puissant qui faisait de lui un homme respecté et apprécié de tous. Il avait gagné l'estime des habitants pour sa participation à nombre de batailles, dont il était toujours revenu vainqueur malgré des blessures qui lui avaient laissé de profondes cicatrices dont il était très fier. Parmi les habitants, il y avait Glenn Brennan le forgeron, un grand gaillard aux sombres sourcils bien fournis et au visage tanné par la fournaise de la forge, qui faisait tinter une lame d'épée rougie par le feu avec son énorme marteau. Deux maisons plus loin, c'était Barthor Gallagher le rémouleur, qui affûtait sur une énorme meule toutes les lames battues par Glenn, provoquant de magnifiques gerbes d'étincelles. Le forgeron façonnait également des objets plus délicats en travaillant diverses techniques d'orfèvrerie comme la ciselure, la gravure ou encore le repoussé. Il exécutait délicatement, malgré ses grosses paluches aux doigts boudinés, de magnifiques bijoux comme des torques, des pendentifs ou des bagues décorées d'un triskèle, parfois d'un cheval, d'un oiseau, d'un serpent ou d'un cerf, voire d'un

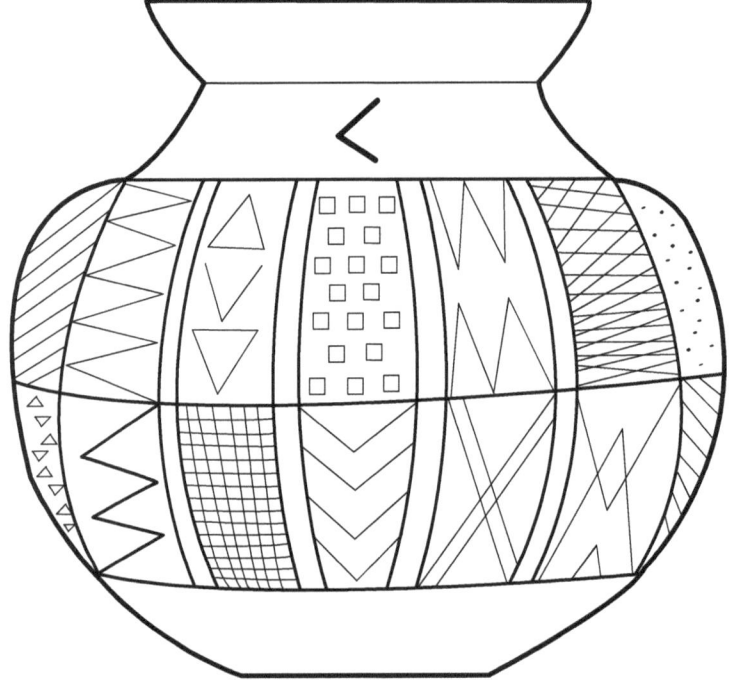

Une urne décorée

KENAZ

sanglier. Il sculptait dans le bronze de magnifiques entrelacs complexes sur des fibules italiques ou serpentiformes. Pour les gens plus modestes, il reproduisait ces dessins dans du laiton, pour que la couleur imite un peu celle du bronze. Il signait toutes ses œuvres de la rune  *Ūruz*, symbole du métal en fusion, avec un petit poinçon avec lequel il appliquait sa marque de fabrique à l'aide d'un petit coup de marteau. À côté, se trouvait l'atelier de Thibaud O'Connor, le charron, un grand barbu aux yeux bleus, qui fabriquait quelques chars mais surtout des moyeux de roues en bois pour les charrettes et les recouvrait de métal avant de les cercler. Remplaçant l'araire, la charrue à roues dotée d'un soc métallique était apparue pour ouvrir à l'agriculture les zones de forêts et de marais. Il signait son travail de la rune *Eihwaz*, symbole du bâton de vie et de mort, dans le fer ou brûlé dans le bois. Adeline Campbell et sa fille Margaux créaient de magnifiques céramiques ordinaires et utilitaires pour les besoins quotidiens, des urnes et des jattes ainsi que des vases funéraires plus fragiles du fait de leur cuisson incomplète. C'est Margaux qui les décorait avec toutes sortes de motifs : grilles, hachures, damiers, losanges, chevrons et les mettait en couleurs, puis signait leur travail par la rune *Kenaz*, qui symbolise l'artiste et la créativité ; en incrustation avant cuisson pour les céramiques et au pinceau pour les décorations.

᛭

Un interdit religieux frappait l'usage de l'écriture, exclusivement réservée aux druides qui détenaient des papy-

rus, des parchemins en peau de mouton ou de chèvre, des céramiques ou des tablettes de bois et certains écrits sur feuilles de plomb. L'onciale est une graphie particulière très adaptée à la plume d'oie, qui permet de faire des pleins et des déliés. L'art pictural celte résidait dans des lettrines tracées sur les vélins de la chrétienté. Les gens avaient peur de l'écriture et se contentaient d'exécuter des dessins.

🜪

Les femmes celtes étaient en ce temps-là les égales des hommes, et Adeline avait pris la décision de divorcer d'un mari violent et de continuer à faire prospérer l'affaire familiale avec sa fille. Un inévitable barde bien sûr, pour animer les événements importants comme la fin d'une réunion politique, les fêtes religieuses, les mariages, les funérailles ou les naissances. Il chantait les victoires militaires ou les légendes locales en s'accompagnant de sa harpe autour d'un immense feu sacré qui réchauffait tous les convives. Beaucoup d'agriculteurs, bien sûr, qui assuraient à cette agglomération fortifiée de pouvoir vivre en autarcie complète grâce notamment à une terre fertile qui tenait ses promesses en donnant de belles et copieuses récoltes. De nombreux champs d'épeautre et de légumes variés étaient cultivés autour de Naletacum. La terre était légère et facile à cultiver. Tout poussait abondamment dans les champs et les vergers. Les habitants avaient largement de quoi se sustenter avec une grande variété de fruits provenant de leurs immenses vergers, des poissons quand les pêcheurs pouvaient sortir en mer et du gibier qui était abondant dans les forêts environnantes.

Une croyance tenace faisait que les villageois évitaient de se promener ou de chasser la nuit, pour ne pas faire de mauvaises rencontres avec les korrigans, des petits génies tantôt gentils, tantôt méchants. Dans le doute, la population du village préférait les éviter autant que faire se peut en se barricadant chez eux dès que le soleil avait disparu à l'horizon. D'autant plus que les korrigans du bord de mer, qui se cachaient sous une épaisse couche d'ajoncs pour se protéger des sorcières, se nourrissaient de bigorneaux, berniques et crustacés. La plage jonchée de débris de coquillages et de morceaux de carapaces, démontrait qu'ils avaient fait bombance toute la nuit. Parfois même, ils émettaient des hurlements nocturnes pour dépouiller les voyageurs égarés et surpris par la nuit. Les cris étaient si effrayants que les pauvres victimes détalaient à toute vitesse, comme s'ils avaient le diable à leurs trousses en laissant toutes leurs affaires sur le sable. Les korrigans n'avaient alors plus qu'à se baisser pour les ramasser et les ramener à leur cachette souterraine secrète, afin de faire grossir leur trésor gardé par un griffon, qui se trouvait au pied d'un arc-en-ciel. La rumeur le disait si colossal, au point qu'il était impossible de l'estimer, même approximativement. Ils avaient aussi comme spécialité de provoquer des naufrages en mer en se promenant sur les plages avec des lanternes pour faire croire à des phares ou à des sémaphores. Les navires, pensant être près d'un port, se dirigeaient vers ces lumières et étaient drossés sur les rochers. Les korrigans en profitaient alors pour piller les richesses des victimes et parfois se délecter des morceaux les plus tendres des marins noyés.

Les hommes et les femmes du village devaient aussi aller chaumer : ils liaient la paille en bottes avec les tiges des céréales restant après la moisson ou utilisaient parfois des roseaux, pour recouvrir ou réparer les toits de chaume. Plusieurs bergers se partageaient la garde des bœufs, des moutons et des chèvres de tous les propriétaires du village dans les pâturages environnants. Après la tonte des moutons, les fileuses tordaient la laine pour la confection de vêtements confiée aux mains habiles des tisserands qui réalisaient des habits chauds pour affronter les rudes hivers de la région. La laine pouvait aussi être tissée finement, pour être portée quand il faisait plus doux ou pour ne pas subir les chaleurs de la période estivale. Quelques rares habits de lin étaient la préférence de certaines personnes qui plébiscitaient cette toile plus douce que la laine, essentiellement pour confectionner leur trousseau de mariage. Les druides, personnages importants, portaient des vêtements en lin de qualité. Aucune de ces matières n'était teinte. Tous les vêtements gardaient la couleur naturelle de la laine ou du lin, qui étaient maintenus agrafés par des fibules de bronze ou de laiton. Les Celtes cultivaient également la fibre de lin pour tisser les voiles de leurs bateaux.

Un peu à l'écart du village se trouvait le *nemeton*, la clairière sacrée où les druides pratiquaient les rites et cueillaient du gui (fruit représentant l'immortalité car toujours vert), avec une faucille d'or, qu'ils recueillaient ensuite dans un tissu blanc. Le gui de chêne était particulièrement précieux et fort apprécié des druides qui s'en servaient pour préparer des potions utilisées lors des cérémonies et des sacrifices.

▲

Dans ce calme apparent, rien ne semblait présager de ce qui allait arriver...

III

En levant la tête, quelques habitants virent s'avancer rapidement de gros nuages noirs poussés par un vent très fort, mais ils ne s'en inquiétèrent pas outre mesure. Les nuées étaient parsemées d'une multitude de corbeaux qui croassaient lugubrement. Ils pensaient que la colère du dieu Taranis allait se déverser sur le village sous la forme d'un gros orage. Ils étaient un peu inquiets à cette idée, car souvent les orages étaient être très violents jusqu'à arracher les chaumes des toits et inonder les cultures. Et les toitures de chaume devaient alors être renouvelées après chaque déchaînement de la nature.

⚜

Mais la tempête qui s'annonçait était d'une tout autre nature… La véritable tornade qui allait s'abattre sur le village n'avait rien de naturel. Bannshee, la sorcière maléfique à la langue de vipère, appelée la Noire parce qu'entièrement de sombre vêtue, du chapeau aux chaussures, était annonciatrice de mort. De ce noir émergeaient uniquement les deux émeraudes de son regard vert injecté de sang. Elle avait décidé d'accomplir sa vengeance ce jour-là en jetant un sort sur la paisible bourgade et en rendant tous les habitants stériles, ce qui annonçait la fin de la prospérité du village.

En d'autres temps, les habitants lui avaient préféré comme sorcière officielle du village, Dordmair la Rousse, petite femme frêle et d'un certain âge, et la Noire avait été chassée de la cité sans ménagements. Elle avait longtemps ruminé sa vengeance avant de passer à l'acte. Bannshee était vraiment décidée à lancer ce sort d'infertilité avec le *nidhstöng*, le bâton de malédiction. Juchée au sommet d'une colline, elle commandait aux éléments qui semblaient lui obéir. Elle envoya une nouvelle salve de vent puissant accompagné de nuages noirs qui bougeaient rapidement dans tous les sens. Cette fois, les nuages étaient chargés d'un vol d'innombrables chauves-souris géantes qui effrayaient vraiment les villageois en volant en rase-mottes au-dessus de leurs têtes.

« Je vais détruire Naletacum, voilà ma vengeance ! » Cria-t-elle depuis son piton rocheux.

Elle lança des brassées d'éclairs de toutes les couleurs pour enflammer les toits de chaume et un tonnerre assourdissant suivi d'une pluie de calamités : grenouilles, serpents et salamandres qui envahissaient le village. Les habitants avaient déjà mis leurs animaux à l'abri et regardaient ce spectacle apocalyptique sur le pas de leur porte avant de rentrer, complètement désarmés devant un tel déchaînement de fureur. Ils se tenaient assis sur le sol de leur maison, serrés les uns contre les autres, en espérant s'en sortir vivants. La peur se lisait sur leurs visages défaits. Dordmair la sorcière décida de ne pas laisser cette maudite Bannshee jeter son sort sur les habitants. Elle sortit de son tertre et la menaça en lui lançant de nombreux *geis*, des incantations magiques, à l'aide d'une amulette *wicca* gravée d'un pentacle doté de puissants pouvoirs que seules les sorcières peuvent utiliser, car il peut détruire les non-initiés. Elle lut aussi des formules magiques d'exécration, gravées sur du bois d'if en caractères oghamiques, qu'elle seule savait lire. Les villageois, cachés chez eux, entrebâillaient leur porte de temps en temps pour voir l'étendue des dégâts. Ils étaient les spectateurs impuissants de cette bataille de sorcières qui faisait rage et se déroulait sous leurs yeux ébahis, en espérant que Dordmair allait pouvoir faire face à Bannshee avec sa magie et gagner cette bataille comme elle l'avait fait maintes fois auparavant.

— Ma magie est la plus puissante Dordmair, tu ne pourras pas empêcher ma vengeance. Le moment est venu de vous anéantir, vous tous qui avez osé me chasser de Naletacum.

— Mon pentacle est plus efficace que ta baguette, même magique !

— Ma baguette de coudrier renferme beaucoup d'énergie magique, tu vois bien que je commande aux éléments qui m'obéissent ! Je peux faire tomber toutes les calamités que je veux avec le vent, la pluie, les éclairs et même de la grêle ou de la neige.

— Ma *wicca* va anéantir les pouvoirs de ta ridicule branche de coudrier !

— Jamais tu ne pourras m'atteindre, je suis la plus forte ! J'ai préparé ma vengeance depuis assez longtemps pour y arriver, et renforcé ma puissance qui va tout détruire !

— Ne crie pas victoire trop tôt, sorcière malfaisante !

Dordmair envoya des fluides qui semblaient ne pas atteindre Bannshee. Elle essaya de diffuser un immense nuage de fumée pour que la sorcière ne puisse plus voir le village et ainsi rater son sort. Mais elle lui répondit en engendrant un vent très fort qui balaya le nuage aussi vite qu'il était apparu. Un nouveau sort de la *wicca* projeta des flammes rougeoyantes vers Bannshee qui déversa en retour une cascade d'eau fraîche qui éteignit les flammes instantanément. Même les tempêtes de sable n'eurent aucun effet sur la sorcière maléfique qui les repoussa d'un coup de *nidhstöng*. Malgré la puissance des maléfices lancés à la figure de sa rivale, Dordmair ne réussit pas à éviter la malédiction de la Noire. Une fois son sort jeté sur le village, Bannshee disparut comme aspirée par enchantement dans un tourbillon de nuages avec un rire glaçant marquant sa victoire et sa vengeance accomplie.

Le calme revenu, les habitants sortirent sur le seuil de leur maison, et attendirent que tous les animaux tombés du ciel rejoignent la mer ou l'étang proche avant de pouvoir sortir et constater l'ampleur des dégâts. Beaucoup de maisons avaient leur toiture en feu, et les habitants constituèrent rapidement des chaînes pour éteindre les incendies à grands coups de baquets d'eau. La Rousse était affaiblie par toute l'énergie déployée à combattre cette sorcière maléfique. Elle n'avait pas réussi à éviter le sort funeste que la Noire avait jeté sur le village et s'en voulait. Elle se sentait responsable de ce désastre. Elle était anéantie. Elle prit place sur une pierre avec le regard noir du désespoir. Son âge étant beaucoup plus avancé que celui de cette vipère de Bannshee, elle se dit que c'était la raison pour laquelle elle avait dû abandonner, à bout de forces. Légèrement brûlée par les éclairs, elle ne ressentait pas la douleur et il lui aurait suffi d'une incantation de guérison pour que les brûlures disparaissent immédiatement. Dans un ultime effort, elle dirigea son amulette au pentacle vers le ciel pour écarter tous les nuages et faire revenir le soleil. Les habitants vinrent la voir pour prendre de ses nouvelles.

— Je vais bien, je vous remercie. Je me sens un peu affaiblie après avoir dépensé autant d'énergie, mais je ne m'avoue jamais vaincue. Je vais consulter mon grimoire et tirer les runes pour trouver une solution afin de lever le sort de cette maudite Bannshee, parce que je sais que vous comptez sur moi.

Elle se releva péniblement et rentra dans son tertre pour réfléchir à l'action à mener et lire les runes une nouvelle fois afin que le village puisse retrouver sa sérénité d'antan. On pouvait lire l'inquiétude sur le visage des habitants qui croisaient son regard bas.

IV

Dordmair mit un certain temps à trouver une issue pour ce qu'elle appelait « la catastrophe ». Mais après deux longues nuits de recherches, elle pensa avoir trouvé une solution pour sauver le village et fit quérir Mervin Collins pour lui confier une mission de la plus haute importance. Ce grand jeune homme blond d'une vingtaine d'années aux larges épaules, était un cultivateur qui devenait un grand guerrier quand il fallait défendre le village. Le sourire permanent, il était fils unique et orphelin depuis que ses parents pêcheurs s'étaient noyés en mer, victimes du chant des sirènes. Ni le bateau ni les corps n'avaient jamais été retrouvés ; ils étaient perdus en mer. Il fut recueilli par sa tante Bertille, une petite femme ronde, et veuve depuis longtemps.
Quand Mervin toqua à la porte, elle lui ouvrit tout de suite.
— Ah, Mervin, te voilà enfin ! Entre, je t'en prie.
— Bonjour, Dordmair. J'avoue ne pas bien saisir le motif de ma présence ici.
— Je vais t'expliquer. Tu vas comprendre. J'en ai discuté avec Brioc O'Donnell notre chef, et nous sommes tombés d'accord en reconnaissant que tu étais l'homme le plus brave du village. Tu l'as prouvé par tes actes de courage et lors de nombreuses batailles aux côtés de Boudicca (*la Victorieuse*), la femme guerrière qui s'était vengée d'avoir été fouettée en public en brûlant et pillant des villes romaines, avant d'être vaincue et de mourir. Tu lui as survécu malgré tes blessures, et tu es un modèle de droiture pour beaucoup dans la vie de tous

Alphabet runique

Le Grimoire maudit

les jours. Je compte sur toi pour accepter la mission que je vais te confier. J'ai consulté mon grimoire pour trouver une solution et les runes annoncent un bon présage, je sais tu vas réussir.
Elle lui expliqua tous les dangers inhérents à la quête qu'il devrait mener.
— Seule la réussite de cette quête pourra annuler la malédiction jetée par Bannshee et sauver le village.
— J'accepte de braver tous ces dangers pour que Naletacum retrouve la paix.
— Je n'en attendais pas moins de toi. Je te fais entièrement confiance pour réussir cette mission dangereuse.
Elle lui confia un grimoire qui contenait un parchemin.
— Ce grimoire maudit que j'ai consulté t'aidera à mener ta quête jusqu'à son terme. Il est le seul qui explique comment tu pourras trouver le spinelle rouge qui sauvera notre village. Il est maudit parce que personne n'a jamais réussi à le retrouver depuis des siècles ni à l'ouvrir, car moi seule en ai l'unique exemplaire et la seule clé. C'est un héritage ancestral transmis exclusivement entre sorcières, mais que beaucoup de personnes convoitaient afin de connaître le secret de l'annulation de la malédiction du sort de stérilité entre autres. Je l'ai bien sûr ouvert pour que tu puisses accéder aux documents qu'il renferme. Les textes des formules magiques sont écrits en ogham, l'écriture des druides celtes et sont incompréhensibles pour un non-initié. Ce n'est pas important, car tu n'en auras pas besoin, n'étant ni sorcier ni druide. Par contre, tu pourras lire la signification des runes que tu as apprises. Il contient aussi un *ancien futhark*, un alphabet runique qui te permettra de déchif-

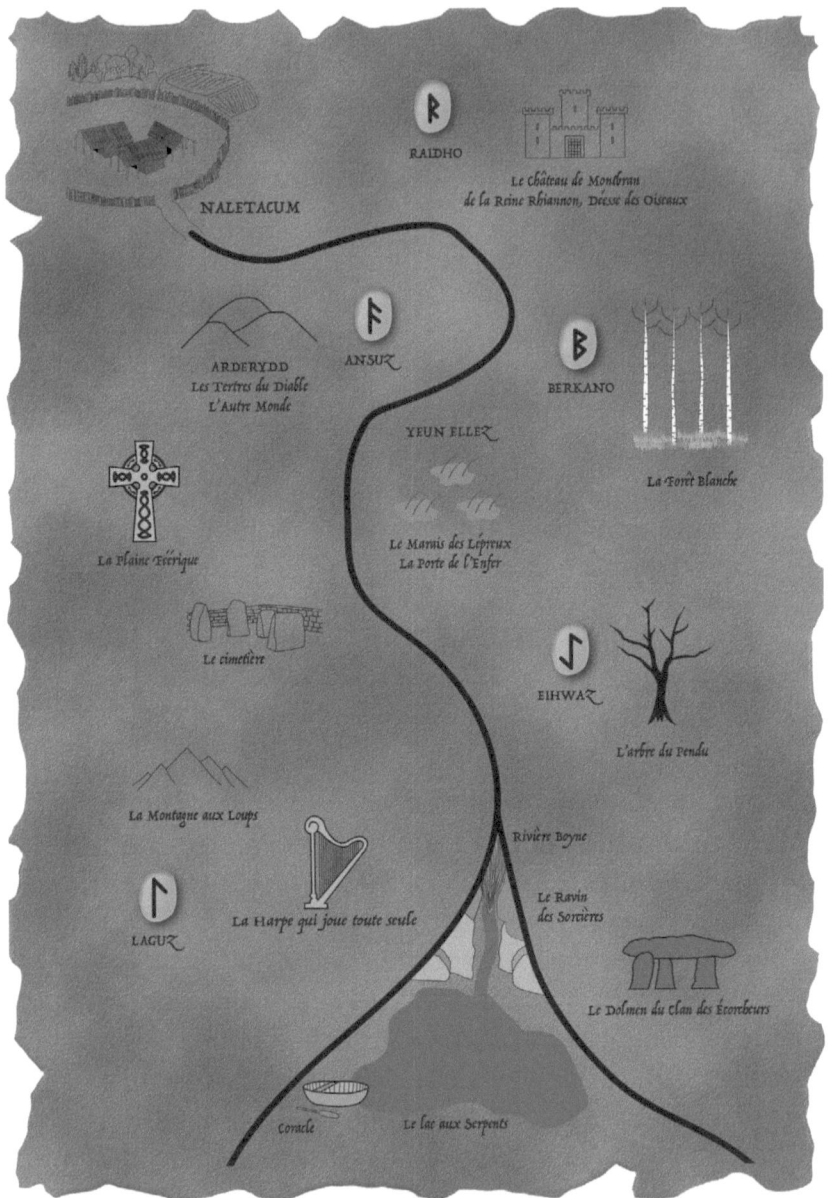

frer les runes placées sur ton chemin pour te guider. Même si tu as suivi assidûment le Runelore, l'enseignement des runes, cet alphabet te servira d'aide-mémoire, car il y a tout de même vingt-quatre runes différentes dans ce *futhark* et plusieurs sens à donner à chacune. Il contient aussi une carte qui te mènera jusqu'au lac aux Serpents après avoir bravé tous les obstacles. Tu devras y trouver et tuer le serpent maléfique malgré ton aversion pour les reptiles, qui habite ce lac et qui possède un spinelle rouge dans sa queue. C'est la seule pierre assez puissante pour lever le *geis*, le sort de stérilité lancé par Bannshee. Tu vas devoir affronter toutes les forces du mal et les vaincre pour arriver au bout de la quête. Mille dangers vont te guetter au cours de ton périple. C'est pourquoi je te confie aussi ce poignard marqué de la rune *Elhaz* qui t'apportera l'énergie nécessaire pour accomplir ta mission et te défendre pour sauver ta vie. Tu porteras également autour du cou ce torque à têtes de serpent qui représente la puissance des dieux accordée aux hommes : il te procurera la protection divine. Prends aussi cette bourse qui contient une somme réunie par les gens du village pour te soutenir, parce qu'ils ont mis tous leurs espoirs en toi après le discours de Brioc O'Donnell, le chef du village, les informant de la mission que je te confie aujourd'hui. Chacun a donné selon ses possibilités, et je pense que cela devrait suffire. Si ce n'est pas le cas, tu devras travailler pour gagner l'argent qui te manque et te permettre de mener ta mission à bien. Surveille toujours tes arrières, car la sorcière noire a plusieurs hommes qui travaillent pour elle et qui essayerons inévitablement de te mettre des

Poignard avec pentacle

ELHAZ

bâtons dans les roues. Ne te laisse pas impressionner, car tu pourras les vaincre facilement avec toutes ces protections. Je ne doute pas un instant que tu arrives à vaincre tous ces périls et à rapporter la pierre précieuse. Je pourrai alors m'en servir pour annuler le sort de Bannshee, la faire disparaître à tout jamais, et ainsi sauver le village. Tu deviendras alors un héros, et tu pourras épouser ta bien-aimée Mélisande Murray à ton retour.

Mervin Collins fixa la Rousse dans les yeux et lui dit :
— Tu peux compter sur moi pour mener à bien cette mission, Dordmair. Je saurai me montrer courageux, et je reviendrai avec la pierre précieuse afin que le village retrouve sa sérénité et sa prospérité.
— Méfie-toi de tout et de tout le monde, surtout des buissons d'aubépine où se cachent souvent des fées qui pourraient te distraire ou t'empêcher de réussir, ainsi que des *banfaith*, ces prophétesses qui pourraient te guider sur de mauvais chemins et t'envoyer vers des repaires de brigands qui te délesteront sans vergogne de tous tes biens avant de t'éliminer.
— Avec le poignard gravé de la rune *Elhaz* qui m'assurera protection et victoire sur mes ennemis, je serai invincible !
— Je vais l'annoncer tout de suite à notre chef Brioc O'Donnell, qui était certain que tu allais accepter cette mission.

À ces mots, Dordmair sourit. Elle était certaine qu'il allait réussir... Il le fallait absolument pour éviter la disparition du village.

Mervin rentra chez lui pour préparer son bagage et informer sa tante Bertille de la mission que Dordmair venait de lui confier.

— Fais très attention, mille obstacles te guetteront dans cette épreuve dangereuse. Mais si tu arrives à ramener le spinelle rouge au village, nous serons sauvés et tu deviendras notre héros.

— Je suis conscient des difficultés qui m'attendent, mais je dois réussir car les villageois me font confiance pour ramener la paix...

Bertille le fixa avec des yeux brillants de fierté et d'espoir.

— Il y a d'ailleurs un grand festin ce soir pour fêter ton départ. Beaucoup de bonnes victuailles, chants et danses en musique et cervoise à volonté.

— Je ne sais pas si c'est une bonne idée, ma tante...

— Aujourd'hui c'est Imbolc, la fête du printemps, de la purification et des femmes qui attendent la délivrance pour mettre au monde les nouvelles générations ! Elle se déroulera sous la protection de saint Brigid qui a protégé les parturientes. Si tu dois absolument réussir ta mission, c'est pour que ces enfants ne soient pas les dernières générations à naître à Naletacum... Et tu ne veux tout de même pas offenser les dieux !

— Bon, d'accord, je prépare mon baluchon et nous allons fêter mon départ.

— Et Mélisande sera présente aussi, tu pourras en profiter pour lui faire tes adieux, lui dit-elle avec un petit sourire en coin.

La fête se déroula comme prévu avec des agapes jusqu'au bout de la nuit. Brioc O'Donnell fit un discours en l'honneur de Mervin et en lui souhaitant bonne chance, en lui rappelant que tout le village comptait sur lui. Tous les habitants se mirent à l'applaudir pour l'encourager. Certains venaient lui dire un petit mot en lui tapant sur l'épaule.

— Merci à tous, j'espère être à la hauteur de votre attente et ne pas vous décevoir, dit-il avec une voix remplie d'émotion.

Il voulait éviter de voir Mélisande avec des larmes dans les yeux. Il se décida tout de même à la saluer avant son départ et s'essuya le visage rapidement.

— Mélisande, je voulais t'embrasser avant de partir très tôt demain matin.

— Je suis sûre que tu vas réussir, Mervin. Je te fais confiance. Et nous nous marierons à ton retour, dit-elle les yeux brillants au bord des larmes.

Un long baiser passionnel scella ces adieux pleins d'émotion et Mervin se dépêcha de partir pour qu'elle ne le voie pas craquer.

Une fois rentré, Mervin s'allongea sur sa paillasse sans vraiment trouver le sommeil, trop troublé par ce baiser intense, et excité qu'il était par l'aventure qui s'annonçait et la mission qu'il devait accomplir.

Le torque aux têtes de serpent

V

Mervin Collins eut beaucoup de difficultés à se lever ce matin-là. Il était encore sous l'effet du baiser de Mélisande mêlé aux effluves du vin aux épices de la veille. Après de rapides ablutions, il s'habilla d'un pantalon bis et d'une tunique fauve, ajusta le torque autour de son cou et mit son poignard dans le fourreau qu'il attacha à sa ceinture. Il sortit de la maison et se mit en marche par ce matin brumeux, son baluchon sur le dos avec un chaudron et quelques victuailles que sa tante lui avait glissées à l'intérieur. Il sortit discrètement de la maison pour ne pas la réveiller, mais quand il se retourna une dernière fois après quelques pas, il la vit sur le seuil avec des larmes qui coulaient sur ses grosses joues rouges.

Équipé de son grimoire enveloppé dans un sac de toile de lin, son torque autour du cou et le poignard à la ceinture, il avança d'un pas assuré. C'étaient les premiers pas de son aventure, les plus intenses, qui allaient le mener loin de chez lui pour longtemps, et il se devait de réussir. Le village était encore endormi. Seules les poules et les canards émirent de petits cris plaintifs quand il força le passage pour passer parmi eux. Hormis un paysan qui aiguisait la lame de sa faux avant de se rendre aux champs et un autre qui liait déjà en bottes les gerbes de paille, les villageois étaient encore engourdis dans les effluves des alcools de la fête de la veille, à une exception près : il salua de la main Glenn le forgeron qui faisait déjà tinter une lame d'épée rougie dans une musique de feu. Il lui rendit son salut sans un mot avec son marteau, en le fixant jusqu'à ce qu'il disparaisse dans le brouillard. Mervin passa à côté d'un champ où la lune, avec l'humidité, se reflétait sur les sillons fraîchement labourés et leur donnait un aspect argenté.

⁂

RAIDHO

Après avoir vérifié la signification de la rune *Raidho* dans le grimoire, qu'il rencontra quelque temps après sa sortie du village, il vit que c'était celle du mouvement qui guide et montre l'exemple. Mervin fut rassuré et se dirigea vers sa première étape, le château de Montbran où vivait la grande Rhiannon, reine de l'Autre Monde et déesse des Oiseaux, en pensant qu'elle pourrait peut-être lui apporter son aide. Il n'eut aucune peine à apercevoir le château qui se détachait du poudrin avec ses façades claires en pierre de Tuffeau. Ses deux grandes tours crénelées et son donjon imposant forçaient le respect. Arrivé au pont-levis, le soleil était déjà haut et avait dissipé la brume. À sa grande surprise, les gardes manœuvraient pour lever la herse de l'énorme porte quand ils le virent. Ils le laissèrent entrer dans la cour du château comme s'il avait été annoncé. Il passa la haute porte et s'avança dans la cour pour se présenter à un serviteur qui semblait l'attendre. C'était un homme grisonnant, grand et un peu mou, qui le pria de le suivre dans l'escalier.
— Je suis Mervin Collins, et j'aimerais avoir une entrevue avec la reine Rhiannon.
L'homme ne fut pas surpris outre mesure et le pria avec un petit sourire de bien vouloir le suivre.
— Prenez place, lui dit-il, arrivé dans l'entrée. Je vais prévenir son altesse de votre présence.

Mervin était surpris de l'accueil et tellement excité qu'il préféra rester debout. Au bout d'un moment qui lui semblait long, une porte s'ouvrit et le serviteur apparut en priant Mervin d'entrer.

— Si vous voulez bien vous donner la peine, son altesse vous attend.

Il entra dans ce qui devait sans doute être la plus grande des pièces du château, la reine se trouvait là, devant lui. Elle s'avança vers lui dans une longue robe ivoirine. Elle était pâle et grande, très belle avec un visage aux traits fins, et mince avec des yeux violets en amande.

— J'attendais ta visite, Mervin Collins, mais pas de si bonne heure. Tu me surprends au saut du lit. Allons dans le petit salon, nous y serons plus tranquilles.

Mervin suivit volontiers la reine Rhiannon à travers les nombreuses pièces en enfilade, en s'excusant de l'avoir réveillée. Il ne se risqua pas à demander comment elle avait su qu'il allait lui rendre visite et préféra garder ce mystère entier, de peur de la froisser. En passant par la bibliothèque, il crut entendre des bruits bizarres.

— Mais..., vos livres parlent, ma reine ?

— Non, les bruits que tu entends sont dus à une invasion de korrigans qui ont élu domicile dans ma bibliothèque. Ne fais pas attention à ces chenapans. Ils émettent vraiment des bruits bizarres. Ce sont des garnements. Ils lisent quelques pages et font des commentaires plus ou moins déplacés. Comme je n'arrive pas à m'en débarrasser, chaque fois qu'on les chasse ils reviennent plus nombreux, j'ai décidé de les laisser s'amuser, tant qu'ils n'abîment pas mes livres.

— Je pensais qu'ils vivaient essentiellement la nuit !

— Oui, c'est vrai. Mais je ne sais pour quelle raison, ceux-là vivent le jour et se cachent la nuit ; une mutation génétique, sans doute...

— Sans doute... Répéta Mervin en lançant un regard inquiet vers ces petits êtres devenus d'assidus lecteurs, même si parfois il leur arrivait de faire tomber l'un ou l'autre des précieux ouvrages.

Arrivés dans le petit salon, ils prirent place tous les deux dans de somptueux fauteuils et Mervin lui raconta la raison de sa présence au château afin de solliciter son aide.

— Assieds-toi, Mervin. Les dieux m'ont déjà annoncé ton arrivée. Dis-moi comment je peux t'aider.

Mervin lui expliqua la situation de Naletacum et la mission confiée par Dordmair pour sauver le village. La reine l'écouta attentivement et fut rapidement convaincue par le bien-fondé de sa quête. Elle lui fit une proposition :

— Pwill, mon mari, est à la chasse. J'ai donc du temps à te consacrer. Je vais aller me changer et nous allons faire une grande chevauchée dans ma propriété pour te présenter tous mes oiseaux merveilleux dont le chant hypnotise les êtres vivants et tire de leur long sommeil les morts. Je vais t'en confier un, pour t'accompagner dans ta dangereuse mais indispensable mission. Elle se leva et disparut rapidement. Elle revint quelques instants plus tard, dans une tenue plus adaptée à une cavalcade : une longue robe fauve, fendue pour être plus à l'aise en selle. Bien, allons aux écuries ! Suis-moi !

Mervin lui emboîta le pas aussitôt. Arrivée aux écuries, elle donna ses ordres au palefrenier.

— Bonjour Paulin. Selle ma jument et prépare un autre cheval pour Mervin.

— Lequel, ma reine ? demanda Paulin.

— Je pense que Câline devrait lui plaire. Elle est assez calme.

— Tout de suite, votre altesse.

Après un moment, le palefrenier s'avança vers eux en tenant deux chevaux par la bride. Rhiannon sauta facilement d'un bond sur sa monture. Elle avait une longue chevelure blanche qui se confondait avec le blanc pur de sa jument. Mervin eu besoin de l'aide de Paulin pour monter péniblement sur son cheval bai, ce qui fit sourire la reine.

— Bon, allons-y, dit-elle à Mervin.

Ils chevauchèrent longtemps dans l'immense domaine au trot d'abord, puis galopant à vive allure, ce qui eut pour effet d'effrayer Mervin, peu à l'aise sur un cheval.

— Nous allons faire une pause, dit Rhiannon au bout d'un moment.

Mervin attendait cet instant avec impatience, tant il avait le dos et les fesses en compote. Ils s'arrêtèrent près d'un lac aux reflets d'argent où ils profitèrent de la douce musique du clapotis provoquée par le vent qui venait de se lever. Elle lui tendit un de ses oiseaux magiques.

— Prends cet oiseau, Mervin, dit-elle en lui tendant le volatile qui venait de se poser sur sa main gracile. Il t'aidera dans ta quête où tu devras affronter mille dangers.

L'oiseau était très beau, de petite taille et multicolore, comme un guêpier d'Europe.

— Merci ma reine, vous êtes bien bonne. Je le chérirai et il m'accompagnera partout où mon destin me mènera.

— Il sera ton âme et ton compagnon de voyage. Ne le perds jamais de vue, il pourrait s'envoler vers d'autres rivages.

— Je vais bien m'en occuper, rassurez-vous. Je lui rendrai sa liberté près de votre château lors de mon retour au village pour qu'il puisse retrouver tous ses amis de la forêt.

— Tu es brave, Mervin. Je sens que je peux te faire confiance. Mais rentrons, maintenant, il se fait tard !

De retour à l'écurie du château, Paulin les accueillit d'un grand sourire pour prendre soin des chevaux. Ils descendirent de leurs montures et Mervin salua une dernière fois Rhiannon en la remerciant. Elle lui sourit et retourna dans sa forteresse comme si de rien n'était.

— Étrange reine, songea-t-il.

Mervin remercia Paulin et repartit aussitôt avec l'oiseau perché sur son épaule.

— Je vais te baptiser Daya. Ce nom te plaît-il ?

L'oiseau répondit par un trille aigu.

— Je suis content que cela te convienne, Daya. Te voilà baptisé ! Alors allons-y !

Le blason de Rhiannon

VI

Après de longues heures de marche avec Daya sur son épaule, Mervin fut guidé par *Ansuz*, la rune du vent et de l'air associée à Odin ; elle lui indiquait Arderryd, au pied des Tertres du Diable qui symbolisaient le *Sidh*, l'Autre Monde habité par les dieux et les héros.

Sur l'un des sommets se découpait dans le couchant une silhouette à contre-jour d'un homme grand, vêtu de sombre, coiffé d'un chapeau noir à larges bords, qui tenait un bâton le dépassant en taille. C'était l'Ombre Noire qui suivait Mervin sans qu'il s'en aperçoive, parce qu'à moitié transparent et pouvant se fondre facilement dans le décor par mimétisme, comme le ferait un caméléon. Bon présage ou espion de Bannshee ? Son long manteau sépulcral balayait de sol en laissant des traces de sang.

Il rencontra Malan, le gardien des lieux, assis sur un rocher ; c'était un *vates*, un devin. De petite taille et vraisemblablement très âgé au vu de ses cheveux blancs hirsutes et de sa longue barbe qui touchait le sol, il portait des vêtements usés et une cape qui avait dû être blanche un jour. Il s'appuyait sur un grand bâton, qui lui servait de béquille pour se déplacer. Il avait les yeux rouges d'un albinos. Il était devenu fou après avoir perdu une bataille en ce même lieu. Tout comme le Gwrhyr, un ancien compagnon d'Arthur et un dieu chaman, il parlait toutes les langues, même celles des animaux. Malgré son grand âge et sa mauvaise vue, il continuait à conseiller les voyageurs arrivés jusque-là et à les guider à la voix dans des incantations druidiques censées les protéger dans leur mission. Mervin expliqua à Malan la quête qui l'avait amené à passer près des Tertres du Diable.

« Le chant de ton oiseau merveilleux m'a déjà expliqué ta présence ici. Suis-moi, nous allons voir si les présages sont bons pour la réussite de ta mission… Je vais consulter les runes magiques. »

Malan invita Mervin à le suivre par l'entrée mystérieuse qui apparaissait rarement. C'était la présence du chat posté à l'entrée, dont les yeux verts sont la porte de l'Autre Monde, qui en indiquait l'endroit. Dans le *Sidh*, les gens échappent au temps et à l'espace ; ils croient y avoir passé quelques heures qui en fait sont devenues des jours. Mervin prit place à côté de Malan qui posa son bâton de bois d'aulne à côté de lui et mélangea les runes gravées sur des pierres et laissa retomber le tout sur une toile qui devait lui servir de table, au vu des taches aux couleurs douteuses. Il observa religieusement les runes en écartant celles tournées sur l'autre face. Il y eut un long silence avant que Malan ne se prononce enfin.

— Tu auras beaucoup d'obstacles sur ton chemin, comme des *banfaiths*, ces femmes prophètes qui pourraient t'induire en erreur, des fées, gentilles ou méchantes, cachées dans les buissons d'aubépine, des *firbolgs*, ces hommes-foudre, de redoutables guerriers très belliqueux originaires du peuple de la nuit. Tu pourras peut-être aussi tomber sur des *fomoirés*, des géants qui représentent les forces obscures qui menacent tout le monde. Il y aura surtout les fidèles de Banshee la sorcière noire qui vont s'appliquer à tout faire pour que tu échoues dans ta mission.

— Oui, mais je porte un torque à têtes de serpent qui me donne la puissance des dieux accordée aux hommes, ainsi que ce poignard gravé de la rune *Elhaz* qui m'assure protection et victoire, que m'a confiée Dordmair.

— Oui, et ton oiseau merveilleux t'y aidera aussi. Je te souhaite vraiment de réussir. Faute de quoi, Naletacum ne pourra plus se développer et le village va s'éteindre avec toute sa population. Mais je sens que tu as le courage de la jeunesse et rien ne t'arrêtera, sauf la mort.

Mervin Collins ressortit du Tertre du Diable gonflé à bloc. Avec les prédictions de Malan, qui coïncidaient avec celles de Dordmair, il se sentait vraiment rassuré. Il était certain maintenant de réussir à sauver son village.

VII

Cette nouvelle journée, qui s'annonçait radieuse, coïncidait avec la fête de Beltaine, la fête de la lumière et de la transhumance pour les animaux que l'on menait à l'estive et la reprise de l'activité dans les champs. Elle avait lieu dans une petite bourgade que Mervin traversait, avec une foule énorme venue participer aux festivités. Il en profita pour se mêler aux gens et ainsi observer ainsi cette célébration de plus près.

🜂

Selon la tradition, on se lève avec le soleil pour cueillir des fleurs que l'on dispose un peu partout pour agrémenter les lieux. C'est surtout la fête du feu : le rituel principal est exécuté par les druides qui allumaient d'immenses feux aux sommets des collines en prononçant des incantations magiques, pendant que le bétail, paré de fleurs sur la tête, passe entre les feux pour leur assurer la protection face aux épidémies. Durant la nuit, on y jette des offrandes censées garantir la bonne santé des troupeaux et de bonnes récoltes. C'est aussi la période de prédilection des baptêmes. Les enfants âgés de moins d'un an reçoivent leur première cérémonie du baptême. À sept ans, ils subissent une nouvelle initiation qui se déroule seule, sans les parents. Quand ils atteignent quatorze ans, ils reçoivent une initiation guerrière, garçons et filles.

🜂

Le premier baptême fut célébré par un druide et un barde sous les cris et les chants de la foule. À l'arrivée du druide, le silence se fit. Le père de l'enfant frappa plusieurs fois du pied pour demander aux esprits la permission de pénétrer dans la carrière sacrée où avaient traditionnellement lieu tous les sacrements. Le barde entreprit de jouer doucement sur sa harpe pour accompagner la cérémonie. La foule commença alors à sentir les vibrations de la musique qui s'accélérait jusqu'à la transe, en chantant et en entrant dans les pas du père de l'enfant qui donnait le rythme. Le calme revenu, le druide s'approcha du nouveau-né, et posa les mains sur son crâne pour voir le *barda* (karma) de l'enfant et lui donner un nom qu'il chuchota à l'oreille du père pour qu'il soit le seul à le connaître. Puis vient l'ondoiement, l'initiation par l'eau, donné dans une pierre creusée.

⁂

La musique personnelle composée par le barde est une initiation par l'air. Puis vient l'initiation par le feu intérieur qui se fait par la lecture télépathique du barda. L'initiation par la terre enfin, qui clôture la cérémonie, se fait à l'abri d'un dolmen.

⁂

Le père alla ensuite rejoindre sa femme pour se diriger vers le barde qui allait enregistrer l'état-civil de l'enfant. À l'âge de quatorze ans, ce nom secret serait révélé au jeune homme et deviendrait son premier nom. À vingt-et-un ans, une fois adulte, il choisirait lui-même celui qu'il garderait toute sa vie. Le but du rituel de baptême était de reconnaître son statut d'être humain à l'enfant, de l'intégrer dans le couple, au sein de la famille, comme membre du clan et comme habitant de la planète Terre. L'autre objectif était de présenter l'enfant à la maison et aux animaux qui y vivent, à la nature qui l'entoure, aux quatre éléments et aux dieux qui les gouvernent.

Cette fête pouvant durer très longtemps, Mervin décida de s'éclipser avant le banquet pour poursuivre sa route.

VIII

La fatigue se manifestant, Mervin voulut couper à travers champs pour rattraper son retard. Mais pour cela, il lui fallait traverser des haies d'aubépine qu'il savait être le refuge de nombreuses fées, comme l'en avaient prévenu Malan et Dordmair avant de partir.
« Si je traverse leur refuge, elles vont certainement essayer de me distraire pour me ralentir et me faire échouer dans l'accomplissement de ma mission. Il est hors de question que j'échoue, trop de gens comptent sur moi pour sauver le village. Mais je suis obligé de couper à travers ce mur d'aubépine, car je sens la lassitude me gagner et mes jambes me font souffrir. »
Après quelques moments d'hésitation, il prit la décision de franchir ces buissons fleuris en essayant de ne pas trop déranger les fées. Dès les premiers pas pour se frayer un passage dans cette végétation dense, une fée apparut, apparemment de mauvaise humeur.
— Qui es-tu, toi qui oses troubler mon repos ?
— Je suis Mervin Collins. Avec Daya, mon oiseau merveilleux, nous souhaitions couper à travers champs car nous sommes épuisés.
— Un peu facile jeune homme ! Si vous êtes fatigué, il vous suffit de faire une pause pour reprendre des forces et pouvoir contourner notre haie d'aubépine où nous vivons en paix et en harmonie. Nous n'aimons pas être dérangées.
— C'est que je n'en ai guère le temps, j'ai une mission à accomplir !

— Oui, tous ceux qui viennent nous importuner nous disent tous la même chose : *c'est important, je suis pressé, c'est une question de vie ou de mort…*
Mervin craignait trop qu'elle lui refuse le passage, mais il ne la laissa pas continuer.
— Non c'est vrai ! On m'a confié une mission très importante qui va sauver notre village d'un sort de stérilité !
— Si tu le dis…
Tout à coup, une autre fée qui n'en avait pas perdu une miette, apparut et se mêla à la conversation. Elle était de bien meilleure humeur que la première. La fée ronchonne lui proposa de s'occuper de ce voyageur égaré pour lui faire découvrir leur royaume.
— Je vais m'occuper de lui, Brenna, ne t'inquiète pas !
— Si tu veux, mais comme il a perturbé ma sieste, j'y retourne.
Elle proposa donc à Mervin de l'accompagner un moment pour qu'il apprenne à connaître les fées, condition nécessaire pour obtenir l'autorisation de traverser la haie d'aubépine sans encombres.
— Je suis la fée Ailina, qui signifie *faon*.
À ce moment-là, Daya émit un petit cri d'alerte.
— Oui, je sais Daya, elle va essayer de me distraire de ma mission première, mais je suis sûr de pouvoir lui résister. Si je ne la suis pas, nous serions obligés de faire un grand détour et mes pieds n'arriveront plus à me porter.
Daya poussa un petit cri d'approbation qui rassura Mervin.

La haie d'aubépine était vaste et la progression difficile semblait sans fin. La fée Ailina lui indiqua le chemin en virevoltant au-dessus de la haie et le guida en dispersant une petite pluie d'étoiles devant lui, car ces fourrés étaient très hauts. Au bout d'un long moment à se débattre avec ces branches qui le giflaient et lui griffaient le visage, ils arrivèrent enfin à une clairière d'où se dégageait une sensation de sérénité, une grande place couverte d'une prairie parsemée de fleurs multicolores. Daya ayant suivi la fée au-dessus des buissons, revint se poser sur l'épaule de son maître. Quelques petites maisons et un certain nombre de grottes entouraient cette place verte ; et d'autres fées, habillées de robes vaporeuses, vinrent accueillir le voyageur fatigué tout en se présentant.
— Bienvenue chez nous, dirent-elles en chœur ! Je suis Aveleen, qui signifie *noisette*, dit la première ; je suis Drucht, la *rosée*, dit une autre ; je me présente : Eanna, *l'oiseau,* dit la troisième, et voici Étaine, la *poésie*. Vous allez pouvoir vous reposer un peu ! Nous avons de quoi vous sustenter avec du miel, notre nourriture préférée que nos amies les abeilles produisent sous la bienveillance de Browney, la fée gardienne des ruches, et avec beaucoup de mets délicieux accompagnés de boissons divines.
Toutes les fées étaient de grandes et belles filles, minces avec une longue chevelure jusqu'aux talons et un regard envoûtant. Quand il vit toutes les victuailles qu'on lui apportait, il ne put s'empêcher d'y goûter et de s'abreuver à la source couleur miel qui jaillissait de la roche. Daya était inquiet de l'attitude de Mervin qui apparem-

ment, avait décidé de prendre du bon temps et de se reposer dans l'antre des fées. Pendant ce repas gargantuesque, des elfes, de petits personnages aux oreilles pointues, dansaient dans la clairière une sarabande, accompagnés d'une musique entraînante et laissant la trace d'un cercle à l'emplacement de leurs pas. Mervin savait qu'il ne devait pas s'approcher d'eux, car ils étaient capables de rendre malade un humain rien qu'en soufflant sur lui leur haleine fétide.

— Si nous sommes si nombreuses, lui expliqua Ailina, c'est pour apporter nos bienfaits aux voyageurs égarés et leur proposer un peu de réconfort en leur offrant l'hospitalité. Nous veillons aussi à remettre dans le droit chemin les âmes égarées et nous faisons tout pour améliorer leur existence. C'est là notre mission que nous accomplissons depuis plusieurs siècles déjà.

— Vous êtes des bienfaitrices de l'humanité, alors ?

— Tout à fait ! Je vois que tu nous comprends vite. Nous t'avons préparé un bel endroit pour te reposer et dormir, et un petit nid douillet pour ton oiseau merveilleux.

— Je ne sais comment vous remercier…

— Inutile de nous remercier, c'est notre mission ! Nous sommes là pour ça. Nous pensons que nous sommes sur terre pour s'entraider, pas pour s'entretuer !

Mervin passa une nuit paisible et réparatrice auprès des fées. Elles lui avaient préparé un lit très confortable garni d'une épaisse couche de feuilles et de plumes mêlées où il s'endormit rapidement avec Daya, le ventre plein. Il s'éveilla avec les premières caresses du soleil. Le petit-déjeuner, composé de galettes et de pain plat accompagné de miel, avait déjà été préparé à son intention, accompagné d'un gros bol de graines pour Daya.

— J'espère que ton opinion sur les fées a changé et que désormais elles ne te font plus peur !

— Il est vrai que j'avais quelques appréhensions, mais elles se sont envolées grâce à vous. Vous êtes vraiment de bonnes fées. Mille mercis !

Bien qu'il ne fût pas superstitieux, il savait qu'il fallait éviter d'uriner dans le cercle de danse des elfes envahi de champignons, sous peine d'attraper des maladies vénériennes. En traversant la clairière, il l'évita soigneusement en quittant la demeure des fées. La fée Ailina le raccompagna pour qu'il ne se perde pas dans cet amas de branches cinglantes ; peu après, il se retrouva sur le bon chemin. Il se retourna pour la saluer une dernière fois, mais elle avait déjà disparu dans la jungle des fourrés.

— Tu vois bien que je m'en suis sorti sans encombre, Daya. C'était plutôt un moment agréable, non ? Même si je me suis mis un peu en retard.

Daya siffla pour exprimer son contentement et il reprit le chemin d'un pas nouveau.

⚛

En cheminant, la légende de la Chatte pendue, une légende née en Alsace, lui revint en mémoire. C'était du temps où la terre de Salm ne s'appelait pas encore la terre de Salm. Les fées qui l'habitaient ne pouvaient pas rendre visite à leurs cousines du Ban de la Roche, qui ne portait pas encore ce nom. Le problème, c'est qu'il y avait la Bruche à traverser et que les fées ne savaient pas nager. Le désir de revoir leurs cousines était trop fort. Elles décidèrent donc la construction d'un léger pont invisible où elles pourraient passer en toute sécurité, et il en fut fait ainsi. Comme la Haute Pierre de Salm était assez plate, les fées ne rencontrèrent aucune difficulté à poser facilement leur pont fait de troncs et de branchages, qui s'appela bien sûr le pont des Fées. Elles y circulèrent sans problème pendant de nombreux siècles. Elles pouvaient venir visiter leurs cousines et leurs familles sans se mouiller ou prendre le risque de se noyer. Un jour, après une forte crue de la Bruche, le pont fut détruit et reconstruit à l'identique pour que les rencontres fréquentes puissent reprendre à nouveau. Tout sembla calme et idyllique pendant une longue période… Jusqu'à ce que vînt l'époque des procès en sorcellerie. Ils étaient très souvent précédés par des rumeurs, des calomnies, des sous-entendus contre lesquelles il était impossible de se défendre. Chacun désignait telle ou telle personne comme étant une sorcière qu'il fallait absolument brûler. Chacun y allait de ses accusations diffamatoires et arbitraires, sans pouvoir bien sûr en apporter la moindre preuve. C'était souvent l'occasion de se débarrasser d'une femme gênante ou détestée sans vraiment de raisons. L'accusation abusive devint alors la norme, à laquelle beaucoup de personnes eurent recours. Les victimes furent jugées rapidement sans pouvoir vraiment se défendre, ne pouvant pas prouver leur innocence du « crime » dont elles étaient accusées. Elles étaient simplement différentes des gens ordinaires, et cela dérangeait les personnes bien-pensantes. Et il y eut de nombreuses flambées de supposées sorcières, la plupart complètement innocentes, mais qui avaient eu le défaut de déplaire ou de déranger des gens qui s'arrogeaient le droit de les juger sans essayer de les comprendre. C'était une justice assez expéditive et aléatoire.

La Haute Pierre de Salm fut appelée Roche de Chatte pendue, ce qui, aux calomnies précédentes, ajoutait l'idée que l'on vienne s'y pendre. L'affaire de la Chatte pendue était grave. Pour justifier leurs ignominies, quelques accusateurs, anonymes bien sûr, eurent l'idée de sacrifier une chatte que l'on trouva effectivement pendue un jour à la pierre. La chatte était affublée des guenilles d'une pauvre vieille que l'on ne revit plus jamais. On alla raconter que la chatte était la vieille sous sa forme de sorcière, qui se serait emmêlée dans la pierre et pendue par accident en se rendant au sabbat. On affirma même avoir trouvé un balai au pied de la pierre.

Même si les crémations de sorcières ont bien existé, tout ceci ne restait qu'une légende…

IX

La forêt de sapins noirs que traversait maintenant Mervin était si sombre qu'il aurait fallu une torche pour espérer y trouver son chemin. Mais une flamme dans cette sapinière lui semblait trop dangereuse, la moindre étincelle aurait pu provoquer une catastrophe. De toute façon, il n'avait pas de torche sous la main. Il décida d'avancer à tâtons. Le vent se mit à souffler doucement d'abord et de plus en plus fort ensuite. Les bourrasques devenaient tellement puissantes que les sapins bougeaient dans tous les sens, comme d'immenses doigts verts qui voulaient broyer tout ce qui était à leur portée. Mervin n'était pas très rassuré. Daya avait déjà rejoint le sac de toile pour s'y réfugier, tant il était épouvanté. Cernunnos, la divinité principale des cultes gaulois, était sans doute en colère. Grand dieu de la nature et conducteur d'âmes, dont les bois représentent la mort et la renaissance, puisqu'ils se renouvellent chaque année, il régnait sur toutes les forêts et la vie sauvage. Les arbres se ployaient sous la force du vent qui s'était transformé en tempête. Mervin était effrayé à l'idée qu'ils puissent l'empoigner et l'écrabouiller comme le font ces arbres anthropophages, qui peuvent enserrer un homme dans leurs branches pour l'étouffer et le dévorer. Seul, il n'aurait pas pu s'en tirer et aurait subi d'atroces souffrances avant une mort certaine. Il avait peur de voir ces géants se casser. Des bruits de troncs fendus se faisaient déjà entendre de tous les côtés. Les plus faibles se pliaient sous la force du vent avant de rompre. Un craquement plus fort le fit se retourner. Un grand conifère avait cédé malgré sa taille imposante et s'était fracassé dans un bruit assourdissant sur le chemin à quelques pas derrière lui. Mervin avait maintenant vraiment très peur. Chaque sapin représentait une menace qui pouvait s'abattre sur lui à tout instant. Il essaya tout de même d'avancer péniblement, pour sortir au plus vite de cette forêt lugubre qui semblait vouloir l'engloutir à jamais. En marchant doucement avec le regard à l'affût d'autres arbres qui pourraient chuter, il entendit un fort bruit de tronc brisé sans savoir d'où il venait exactement. Ses yeux s'agitaient rapidement dans tous les sens pour essayer de percevoir l'emplacement exact de l'arbre à l'origine du bruit. Tout à coup, juste devant lui, un énorme sapin noir se coucha en travers de sa route en s'arrachant de terre dans un énorme fracas. Les racines enserraient une partie de la terre où il était fixé, et ressemblaient à un parasol vertical. Il était pris entre deux arbres qui lui coupaient la route. Que faire ? Pourquoi cette forêt se vengeait-elle sur lui ? Il avait atteint un point de non-retour. Il fallait avancer coûte que coûte. Il ne savait pas où et quand d'autres arbres allaient céder sous la puissance de la tempête. Il toucha son torque, se mettant sous la protection des dieux pour continuer à cheminer, tout en contournant l'arbre couché devant lui. D'autres résineux tombaient en se déchirant avec des bruits effroyables, comme d'énormes baguettes de mikado ; mais aucun ne blessa Mervin. Le torque avait parfaitement rempli sa mission de protection et il s'en tira avec quelques branches dans la figure, mais sans une égratignure. À la vue d'une clairière, il se sentit soulagé d'être enfin sorti de cette terrible épreuve

sain et sauf. Il ouvrit son sac de toile afin de libérer Daya qui frissonnait comme une feuille sous un vent d'automne. Il le prit dans ses mains pour le rassurer et le réchauffer un peu en lui soufflant sur les plumes du ventre. Au bout de quelques instants Daya reprit du poil de la bête et alla se percher sur l'épaule de Mervin.
— Il n'y a plus de danger : on peut y aller maintenant ?
Daya poussa quelques cris de contentement et la quête put reprendre de plus belle. Mervin affichait un grand sourire en avançant d'un bon pas.

X

En traversant la petite clairière, il vit s'ébattre une licorne. Elle était d'une blancheur immaculée et éblouissante. Il se dit qu'elle accepterait peut-être de le laisser monter sur son dos pour l'avancer un peu, la fatigue se faisant à nouveau sentir après cette terrible épreuve. Mais il avait oublié que la licorne était un animal particulièrement indomptable. À chaque pas que Mervin faisait vers elle, la licorne lui tenait tête en pointant vers lui sa longue corne d'ivoire torsadée vers lui pour le tenir à distance. Il essaya néanmoins de se rapprocher, en risquant d'autres assauts, mais sans succès. Au bout de plusieurs essais infructueux, la licorne fut visiblement irritée. Elle le lui fit comprendre d'une ruade suivie d'un coup de corne à l'épaule, ce qui fit s'envoler Daya, puis elle s'enfuit au galop sans demander son reste.
« Il est vrai que la licorne est réputée farouche, mais au moins j'aurai essayé. Tant pis, je vais devoir faire le reste du chemin à pied. »
Après encore une longue marche de plusieurs heures, il déboucha dans une vallée entourée de collines verdoyantes et fleuries. Cela était tout de même plus agréable que cette sombre forêt qu'il venait de traverser difficilement. « Enfin de la lumière ! », se dit-il.
Dans une prairie près de la rivière qui longeait le chemin, il aperçut un magnifique cheval noir qui paissait tranquillement. L'animal était flanqué de l'Ombre Noire, que Mervin ne vit pas tant son mimétisme était remarquable. C'est lui qui avait mis ce cheval sur son chemin

pour soulager sa grande fatigue. Mervin s'approcha doucement de l'animal et s'aperçut qu'il s'agissait de *Morvac'h*, un cheval fantastique capable de galoper sur l'eau et la terre, sans laisser d'empreintes. Il vit quelques traces de sang au sol, sans comprendre leur source, mais la fatigue aidant, il n'essaya pas d'interpréter le message ni son origine. Le cheval se dirigea vers Mervin quand il s'approcha de lui. Il le fixa dans les yeux, lui caressa le chanfrein et comprit dans son regard qu'il accepterait un voyageur fatigué sur son dos. En effet, dès la première tentative pour le monter, le cheval accepta Mervin. Une fois en croupe, quelques petits coups de talons dans les flancs le firent avancer au pas, puis au trot, pour terminer dans une course folle au galop, trop rapide pour Mervin qui n'était pas très rassuré et s'agrippait des deux mains à la crinière. Daya survolait le cavalier en essayant de ne pas perdre son maître de vue. Cette galopade effrénée décidée par *Morvac'h* les emmena jusqu'à l'*auberge du Cygne Noir* où Mervin avait justement prévu de faire une halte pour la nuit. Cette cavalcade dans ce jour finissant lui avait ouvert l'appétit. Il descendit de sa noble monture, remercia *Morvac'h* pour la balade avec des caresses et lui mit une petite tape sur la croupe. Le cheval fantastique hennit bruyamment avant de partir au galop vers d'autres contrées...

♠

Mervin entra dans l'auberge, guère fréquentée en cette saison, où régnait une ambiance agréable et chaleureuse. Il y avait un chaudron suspendu à la crémaillère au-dessus du feu qui crépitait dans la grande cheminée

de l'établissement. De l'énorme ustensile en bronze sortait une bonne odeur de cuisson de volailles qui mit l'eau à la bouche de Mervin qui avait l'estomac dans les talons. Une fois qu'il fut assis à table, l'aubergiste vint le voir.
— Bonsoir voyageur, une petite faim ?
— Non, une grande faim !
— Ce soir, nous avons des poulardes que nous pouvons vous servir avec une bonne platée de légumes de notre jardin, accompagnées de quelques galettes.
— Ce sera parfait, avec un grand pichet de cervoise pour la soif, et du vin aux épices pour le repas.
— Je vous fais apporter tout cela tout de suite !
L'aubergiste disparut dans la cuisine pour passer la commande du voyageur affamé. Mervin attendait impatiemment, tant il était assoiffé et affamé ; vraisemblablement la chevauchée pour arriver ici... À peine la cervoise sur la table, Mervin se servit un gobelet et en prit une longue rasade pour étancher une soif inextinguible. Il dut commander un autre pichet, tant il était déshydraté. La tendre poularde, délicieuse et bien servie, était arrosée de *garum*, une sauce à base de poisson, accompagnée d'excellents légumes et de plusieurs galettes encore chaudes. Le vin aux épices, composé de vin rouge, de miel liquide, de graines de cardamome, de clous de girofle et de poivre noir, était vraiment excellent. Il ne savait pas si la qualité du repas était due à sa seule faim, mais il se régala vraiment, tant il n'avait pas fait de repas aussi bon depuis longtemps. Quand l'aubergiste vint débarrasser la table, Mervin lui demanda :
— Auriez-vous une chambre libre pour la nuit ?

— Oui, bien sûr, je vais vous en faire préparer une tout de suite.

Il dut commander un verre d'hydromel pour digérer toutes ces magnifiques victuailles. Il eut du mal à monter l'escalier qui le menait à l'étage et trouver sa chambre, car il ne tenait pas bien l'alcool. Il se déshabilla avec difficulté et se laissa tomber sur le lit, s'endormant presque immédiatement jusqu'au lendemain.

En se levant, il se sentait ragaillardi après ce repas et cette nuit réparatrice. Il repartit d'un bon pied après un excellent petit-déjeuner constitué de bière chaude et de viande froide. L'aubergiste ne lui posa pas de questions, ce qui l'arrangea grandement.

La Forêt Blanche

XI

BERKANO

Tout en avançant, Mervin vit le signe runique de *Berkano* sur une pierre, qui signifie déesse bouleau. Il sut tout de suite qu'il approchait de la Forêt Blanche, car elle se trouvait sur son trajet et, selon son plan, il devrait certainement être obligé de la traverser. En quelques enjambées, il arriva effectivement près d'une forêt de bouleaux.

⁂

Le bouleau était un arbre lunaire sacré, abritant des esprits puissants comme les léchies. La couleur du tronc était due à une laine immaculée, selon la légende. C'était l'œuvre de Gwyddyon qui avait transformé les guerriers ennemis en arbres pour éviter la bataille et remporter facilement la victoire sur ses opposants.

⁂

Il s'aventura prudemment dans le bois et se rendit compte rapidement qu'il s'agissait plutôt d'une tourbière. Il avançait ses pieds prudemment sur un tapis mou pour s'enfoncer jusqu'à la malléole dans les végétaux en décomposition. En marchant plus avant il s'enfonçait déjà à mi-mollet. Se trouvant soudain dans l'impossibilité d'aller plus loin, il décida de faire demi-tour. C'est avec beaucoup de difficultés qu'il rebroussa chemin en écrasant les sphaignes, les droséras et les nombreuses têtes cotonneuses des linaigrettes ébouriffées. Il aperçut une pierre blanche sur laquelle il voulut poser le pied comme appui, pour essayer de s'extirper de ce bourbier. À peine le pied sur la pierre, elle roula sur elle-

même ; il jura en s'enfonçant encore plus profondément jusqu'aux genoux. En se retournant, il s'aperçut que cette pierre était en fait un crâne humain blanchi par les années avec un carreau d'arbalète fiché dans une des orbites oculaires. Il vit d'autres « pierres blanches » qui devaient également être des crânes, dont certains étaient coiffés de corbeaux qui le regardaient fixement. Il décida de sortir de ce cloaque pour les éviter. Il dut lutter intensément pour sortir difficilement un pied après l'autre, en s'agrippant aux arbres et en rassemblant toutes ses forces pour s'arracher du piège gluant et retrouver la terre ferme. Cet effort intense le fit transpirer. Il s'essuya un peu et décrotta ses chausses avec une branche du mieux qu'il put en s'asseyant sur un gros rocher pour reprendre son souffle.
« Que s'est-il passé ici, se demanda-t-il. Des gens qui comme moi ont pris cette tourbière pour une forêt et s'y sont enlisés sans espoir de s'en sortir ? Ou des crânes d'ennemis vaincus jetés ici pour impressionner et faire barrage aux invasions ennemies ? Ou plus simplement les restes des suppliciés cachés ici à la vue de la population… Peut-être d'anciennes têtes tranchées d'*Emain Macha*, la maison de la Branche Sanglante où étaient conservées les dépouilles des ennemis et particulièrement leurs têtes. Dans tous les cas, je suis vraiment content de m'en être sorti vivant. Je n'aurais pas aimé ajouter mon crâne aux autres. »
En observant les alentours, il vit tout à coup une ombre bouger derrière un rocher. Il devait sans doute s'agir d'un homme de la Noire ; il semblait blessé, et le visait avec une arbalète. Il tira sur Mervin qui eut juste le

temps de se baisser avant que le carreau n'aille se ficher dans le tronc d'un bouleau. Il plongea pour aller se cacher derrière un rocher.

« Va, bel oiseau merveilleux, dit-il à Daya. Mets cet homme hors d'état de nuire. Je ne peux me défendre contre quelqu'un armé d'une arbalète et qui peut tuer à distance, même blessé. »

L'oiseau s'envola et vint se poser sur l'arbalète à nouveau en position de tir du bandit. Il fixa l'homme, se mit à chanter et le tireur se figea immédiatement. La mission accomplie, l'oiseau revint se poser sur l'épaule de Mervin. Il vit que l'homme ne bougeait plus et osa s'aventurer sur le chemin. En le croisant il toucha l'individu qui était toujours pétrifié, mais dur comme de la pierre. À peine Mervin parti, l'Ombre Noire se chargea de faire disparaître le corps de l'arbalétrier en laissant quelques traces de sang au sol, celles de l'homme mêlées à celles de sa cape noire.

« Merci Daya, beau travail, tu es très efficace ! Mais bon, ne restons pas ici, il pourrait y en avoir d'autres dans les parages... »

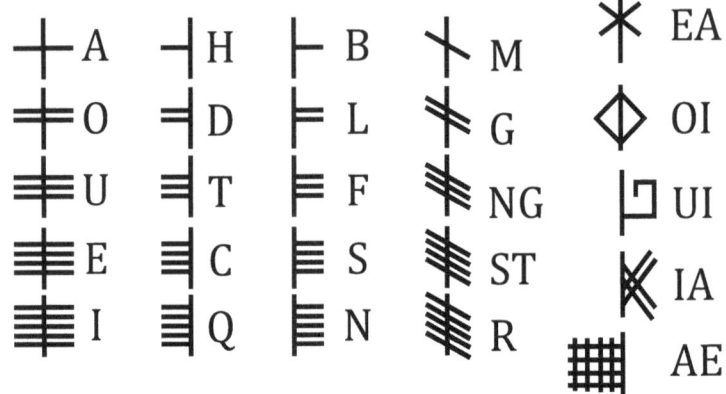

L'alphabet ohgam

XII

Sorti miraculeusement de la Forêt Blanche qu'il prit le soin de contourner même si cela rallongeait le chemin d'une bonne heure, il continua sa route par une petite ville qu'il décida de traverser pour y effectuer quelques achats de produits frais. Sur le chemin, un druide qui lui semblait immense, pieds nus, habillé de guenilles avec une cape presque blanche déchirée à maints endroits et portant une longue barbe grisonnante, se dressait devant Mervin en le regardant fixement avec des yeux de fou. Il semblait vouloir lui bloquer le passage en levant ses deux mains au-dessus de la tête. Il parlait un langage incompréhensible et Mervin ne savait pas exactement ce qu'il lui voulait. Il accompagnait de grands gestes tous les mots qu'il prononçait, ses doigts en désignant certains endroits sur sa paume. Il plaçait aussi ses doigts sur le tibia, le nez, la cuisse ou le pied, ce qui semblaient indiquer une lettre, un mot ou une phrase. Mais l'interprétation de ses signes était abstraite et indéchiffrable pour Mervin. Daya ne bougeait plus, comme pétrifié face à ce géant qui gesticulait dans tous les sens avec d'horribles grognements. Mervin se souvint alors que Dordmair lui avait parlé de l'*ogham*, une écriture que seuls les druides et les sorcières pouvaient comprendre. Il en conclut que ce druide géant s'exprimait ainsi. Il prit son courage à deux mains pour essayer d'établir un dialogue avec lui.
— Je suis désolé, mais je ne comprends pas l'*ogham*.
À ces mots, le druide fixa Mervin et tendit sa main doucement vers lui en lui envoyant un sort, accompagné de

quelques effrayantes psalmodies, sous la forme d'un nuage placé juste au-dessus de la tête de Mervin et de Daya qui laissa échapper une fine couche de neige puis des flocons plus gros. Un nouveau sort fit tomber une pluie forte comme la mousson pour les mouiller tous les deux. Puis un dernier sort qui fit apparaître le soleil et une petite brise chaude pour les sécher. Il partit soudain dans un rire à gorge déployée et disparut aussi vite qu'il était apparu. Mervin semblait cloué sur place : était-ce un rêve ?

— C'est Ridnyl, lui dit un paysan qui avait assisté à la scène, assis devant sa maison.

— Qui est-il ?

— C'est un vieux druide qui a perdu toute sa puissance depuis longtemps. Il ne lui reste plus que ces quelques sorts pour s'amuser à effrayer les gens. Mais il n'est pas méchant !

— Mais quelle langue parle-t-il, exactement ?

— C'est de l'*ohgam,* une écriture qu'il utilise sous forme de langage des signes. Il n'est pas certain qu'il sache encore l'écrire...

— Vous avez compris ce qu'il a dit ?

— Pas vraiment. Le druide de mon village avait commencé à me transmettre l'écriture *ogham*, mais il est malheureusement décédé mystérieusement avant de pouvoir me l'apprendre pleinement. Je possède une petite base pour le déchiffrer, mais sans le comprendre vraiment. À force de ne pas l'utiliser souvent, on en perd l'usage...

— On ne saura jamais ce qu'il voulait dire alors...

— Non, mais c'est peut-être mieux ainsi, vous savez. Il commence à sombrer dans la folie et ses propos, selon notre nouveau druide, deviennent de plus en plus incohérents. Il vit dans une caverne dans la forêt où jamais personne n'ose s'aventurer. Il est devenu ermite.

— Je comprends, les gens ne veulent pas se faire enneiger, mouiller et sécher en quelques secondes. C'est le moyen le plus sûr de s'enrhumer, dit Mervin avant d'éternuer.

L'homme eut alors un petit sourire d'approbation.

— Il y a parfois des enfants qui vont l'embêter en se déplaçant rapidement pour ne pas être touchés par ses sorts qu'il jette lentement, ce qui le fait rager et crier encore plus fort.

— Vous avez des habitants bizarres dans votre village !

— Non, rassurez-vous, c'est le seul phénomène de ce genre que nous ayons. Heureusement ! dit l'homme en riant. Vous savez, chaque village a son personnage original.

— Merci pour ces informations !

— Je vous en prie, il a dû vous faire très peur. Il fallait bien vous rassurer et vous réconforter un peu !

— Merci beaucoup !

Mervin quitta son compagnon du moment en le saluant de la main avant de poursuivre vers le village. Il eut la chance de tomber aux heures du marché. Il adorait les marchés comme l'épicurien qu'il était. Il affectionnait tant les bruits, les odeurs et les couleurs de ces foires qu'il aimait prendre son temps pour apprécier pleinement le spectacle. Chacun, à les entendre, avait les plus beaux fruits, les meilleurs légumes ou les plus savoureux porcs de la région, les plus grasses volailles et les plus belles oies de toutes les tailles aux plumages différents. Il en profita pour se ravitailler en produits fraîchement cueillis, fruits, légumes et une oie pour son prochain repas, dont il réussit à négocier le prix. Il acheta aussi une miche de pain à l'étal d'une boulangère au joli sourire, pour terminer ses achats. Il continua un bout de chemin pour trouver un endroit agréable à côté d'une rivière. Il s'installa et se mit à faire un feu. Il s'approcha de l'eau pour remplir d'eau le chaudron qui composait son paquetage et tailla trois bouts de bois pour pouvoir le suspendre au-dessus des flammes. Il prit un grand soin à déplumer son oie en attendant que l'eau chauffe, ce qui inquiéta Daya.

— Mais non, ne t'inquiète pas, tu ne vas pas subir le même sort. Tu sais bien que tu es un peu de la famille. Tu ne crains rien, j'ai trop besoin de toi. Et de toute façon, tu es trop petit pour constituer un vrai repas, dit-il en souriant. Cette oie est beaucoup plus appétissante. Daya cessa de trembler après les mots rassurants de son maître.

Une fois qu'apparurent les bouillonnements à la surface de l'eau, il y plaça son oie et éplucha ses légumes qu'il rajouta au fur et à mesure de la cuisson du volatile. Pendant que le repas cuisait doucement, il méditait les yeux ouverts.

« Je dois absolument parvenir au bout de ma mission pour sauver mon village et pouvoir marier ma bien-aimée ». Il ne se voyait pas échouer et être la cause de la chute de Naletacum. Il se dit que cela se passait plutôt bien jusqu'ici et il garda cette vision optimiste dans sa tête jusqu'au moment où les effluves de son repas vinrent lui caresser les narines. Il avait si faim qu'il dévora la moitié de l'oie goulûment et tous les légumes. Il laissa refroidir l'autre moitié de la volaille, pendant qu'il savourait une pomme croquante et bien juteuse et une énorme grappe de raisin. Il emballa soigneusement les restes de l'oie dans un tissu propre pour le repas du lendemain. Il se dépêcha de ranger ses affaires et de rincer le chaudron à grande eau dans la petite rivière, car la lumière commençait déjà à baisser. Il versa un peu d'eau sur le feu pour l'éteindre et se lova dans un fossé pour s'endormir presque aussitôt avec Daya dans le pli de son bras. L'Ombre Noire, debout derrière un arbre, veilla sur le sommeil des deux endormis jusqu'à l'aube où il disparut.

XIII

Une épidémie de peste pulmonaire avait fait des ravages dans certaines régions, la forme la plus mortelle, accompagnée d'une toux muco-purulente avec du sang et des douleurs dans la poitrine et le gonflement des ganglions au cou ou sous les aisselles. De nombreuses hémorragies et souvent une septicémie annonçaient la fin imminente de la personne touchée. Les connaissances médicales encore peu avancées ne permettaient pas de soigner les pestiférés. La région de Yeun Ellez avait été épargnée, mais elle fut en revanche l'une des plus touchées par la lèpre, aussi appelée la lèpre des putains, car contractée par la fréquentation de filles de joie à l'hygiène plus que douteuse. En repartant le lendemain, il se souvint que Malan lui avait conseillé d'éviter Yeun Ellez, le marais des Lépreux, en le contournant, car c'était la porte de l'Enfer. Il s'en approcha tout de même, poussé par la curiosité. L'Ombre Noire le freina sans qu'il s'en aperçoive, en lui posant la main sur l'épaule ; il ne le sentit point mais ne put aller plus avant. Il ne comprenait pas pourquoi il n'arrivait plus à avancer, mais ne s'en inquiéta pas outre mesure. L'Ombre Noire était là pour le protéger, à n'en point douter. Mervin vit des zones marécageuses d'où émergeaient de longues herbes folles qui s'inclinaient sous la brise légère entre des écharpes de brouillard. Ce qu'il n'aurait pas dû voir, selon Malan, c'étaient des hommes, des femmes et quelques enfants touchés par la lèpre qui gisaient dans le paysage comme des ombres humaines. Il les vit tout de même d'assez près pour distinguer des difformités sévères au niveau de la peau et des membres. Il leur manquait des doigts aux mains ou des orteils aux pieds, parfois même des membres entiers. Raison pour laquelle ils restaient principalement assis ou carrément couchés. Il y avait aussi quelques tuberculeux touchés par ce qu'on appelait la peste blanche ou la consomption, car ils dépérissaient lentement comme consumés par la maladie. Il ne put s'aventurer plus près de ces pauvres êtres décharnés et en guenilles qui lui demandaient à manger et à boire en rampant le bras tendu dans de longs gémissements de souffrance ; il continua sa route. Comment ne pas avoir d'empathie pour ces personnes condamnées par la maladie à supporter leurs douleurs jusqu'à leur dernier souffle ? Il ne pouvait malheureusement rien faire pour eux sans prendre le risque d'être contaminé. Il n'avait surtout pas envie de s'embourber à nouveau dans ce genre de terrain où il risquerait encore de s'enfoncer sans espoir de s'en sortir en vie.

La Croix Celtique de la Plaine Féerique

XIV

Il continua sa route, encore sous le choc de cette vision apocalyptique de cadavres en sursis. Au bout d'un moment, il vit au loin la grande croix celtique noire qui indiquait le début de la Plaine Féérique. Amangon, roi de ce pays autrefois merveilleux, régnait sur un peuple de fées qui guidaient les voyageurs perdus en leur faisant boire un breuvage divin. Mais un jour il abusa d'une de ces fées, ce qui les fit toutes disparaître et abandonner le royaume qui devint stérile. Cette plaine ressemblait maintenant à une savane sans fin parsemée de cailloux et d'herbes maigres qui frémissaient sous le vent. Un vent chaud balayait la région en permanence, soulevant la terre fine en une poussière comparable à une tempête de sable dans le désert. Les hurlements d'une meute de loups se firent entendre au loin, signe annonciateur d'une tempête imminente. Les animaux pressentent bien longtemps avant les humains, les cataclysmes et autres bouleversements naturels. Un loup, sans doute égaré ou cherchant un endroit pour créer une nouvelle meute, se trouva sur son chemin. Il se tenait immobile devant lui et lui bloquait le chemin, mais il ne semblait pas agressif. Il devait être de passage, pensa Mervin. Leurs yeux se croisèrent sans qu'aucun ne fît un pas vers l'autre. Le regard jaune du loup évalua l'homme qui dominait l'animal depuis sa position verticale. Ses oreilles étaient dressées mais sa queue était tombante et seule l'extrémité bougeait ; c'était le signe d'un état entre la menace et la défense. Puis, lentement, ne sentant pas de menace réelle, elle revint en position

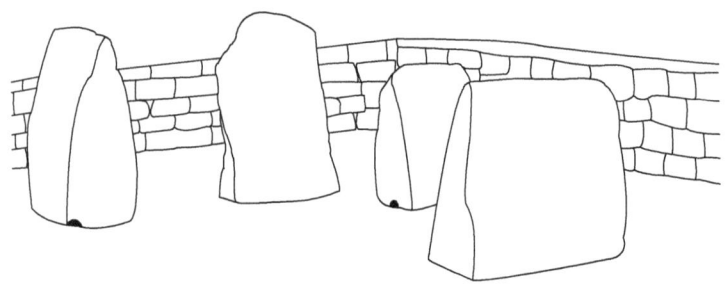

Le cimetière (*d'après photo © Michel Haton*)

normale, sans tension. Mervin avait une peur raisonnée de l'animal, mais il se dit qu'il n'y avait plus de danger et s'avança vers l'animal, lui présentant le dos de sa main pour qu'il puisse le sentir. Comme le loup a une peur viscérale de l'humain, il recula et se posa un peu plus loin. Les hurlements de la meute se firent à nouveau entendre. Le loup leur répondit avant de se diriger vers les appels de ses congénères. « Il va retrouver les siens » pensa Mervin avec un sourire de satisfaction après cette belle rencontre avec tout de même une petite frayeur.

Il crut apercevoir, malgré ce brouillard de sable, la forme décharnée de l'*Ankou*, le serviteur de la mort : un vieil homme très maigre au visage émacié et portant un grand chapeau. Il tirait sa charrette qui grinçait lugubrement, chargée des cadavres de personnes égarées qui n'avaient pas survécu aux bourrasques de ce lieu très aride. Il se dirigeait vers le cimetière. Mervin préféra s'éloigner du chemin de cette figure lugubre pour ne pas mourir dans l'année, comme le prétendait la légende. Soudain, il aperçut une ombre qui était une nouvelle fois un homme de Bannshee qui lui faisait face en le menaçant avec un grand couteau. Mervin sortit son poignard qu'il lança dans la direction de l'homme qui s'écroula d'un coup, touché en plein cœur. L'*Ankou*, témoin de l'attaque, s'arrêta le temps de charger cette pauvre créature sur sa charrette et continua son chemin avec son funèbre chargement. Une fois le poignard récupéré et remis dans son fourreau, Mervin continua son chemin. Il croisa également la silhouette fantomatique d'une *banfaith*, une femme prophète qui faisait des pré-

dictions à voix haute, bien qu'elle fût toute seule. Elle prononçait des formules magiques et des prophéties dans le vide absolu de cette plaine desséchée. Il n'y avait pas âme qui vive aussi loin que le regard portât dans cette ancienne vallée des larmes autrefois si fertile. Elle fit signe à Mervin de le suivre, mais il se souvint des paroles de Dordmair à propos de ces femmes qui vous mènent dans une mauvaise direction.
— Viens, suis-moi, bel étranger. Je vais t'indiquer la bonne direction pour ton voyage. Il faut traverser une zone très humide à quelques lieues d'ici…
— Je vous remercie, mais je n'aime pas les zones où l'humidité et la chaleur font coller les vêtements sur la peau. C'est une sensation particulièrement désagréable. De plus, j'ai une carte pour me diriger et trouver mon chemin.
— Les cartes ne servent à rien par ici, moi seule connais le bon passage dans cette immense étendue désolée.
Elle commença à partir dans une direction opposée à celle indiquée par la carte de Mervin.
— Si je l'écoute, je vais me perdre, c'est certain, se dit-il. Comment vais-je retrouver mon chemin dans cette contrée désertique ? C'est impossible ! Je serai voué à une mort certaine.
Il la laissa partir dans sa direction et il reprit son chemin en se fiant à sa carte. Elle continua sans se retourner, dans la même direction que le loup, prêchant dans le désert, proférant des d'incantations accompagnées de grands gestes dans la vacuité la plus absolue et les nuages de sable.

— Il reste tout de même un peu de vie dans ce désert stérile, se dit-il.

Il craignait aussi les *lamies*, ces génies du désert ressemblant aux *vouivres*, créatures violentes et sanguinaires qui s'attaquent aux hommes pour boire leur sang.

Au bout de longues heures de marche dans ces conditions difficiles où il dut lutter contre la chaleur et le sable très fin qui s'immisçait partout et particulièrement dans les oreilles, le nez, la bouche et les yeux, Mervin rencontra enfin une petite source que l'Ombre Noire avait fait apparaître devant lui. Il put y nettoyer son visage pour éliminer le sable et remplir sa gourde qui était presque vide. Sans eau, impossible de survivre dans le désert. Après avoir étanché sa soif, il arriva quelques heures de marche plus tard, en vue de l'autre croix celtique, la blanche, qui annonçait la fin de la Plaine Féérique. La tempête s'était calmée et ce fut le moment que choisit Daya pour sortir du sac de toile de son maître où il s'était réfugié pour éviter la chaleur et les bourrasques de sable.

— Ah, te voilà ! Tu dois avoir soif, non ?

Mervin lui fit boire un peu d'eau dans le creux de sa main et Daya émit un petit cri de contentement.

— Je ne suis pas mécontent de sortir de cette plaine qui n'a vraiment rien de féerique, dit-il. Mis à part l'*Ankou*, la *banfaith* et le loup, c'est une région plutôt désertique et aride…

XV

Mervin rêvassait tout en marchant. À l'approche d'une grande agglomération, il entendit des bruits de foules enthousiastes qui le firent émerger. À l'entrée de la ville par l'artère principale, les bruits se rapprochaient. Il se déroulait dans ce lieu des jeux interceltiques avec plusieurs disciplines, certaines plutôt douces et d'autres assez brutales où la force physique était vraiment plus que nécessaire. Il suivit le mouvement de la foule bruyante qui le mena à une immense esplanade où se déroulait sous ses yeux ébahis une partie de *hurling*, une forme de soule à crosse. Ce sport très ancien se joue avec deux équipes de quinze hommes et le but consiste à envoyer entre deux poteaux verticaux une petite balle à l'aide d'une crosse en bois, au-dessus ou en dessous de la barre transversale. Une balle marquant un but au-dessus de la transversale vaut un point, et en dessous, trois points. L'équipe qui aura marqué le plus de points est déclarée vainqueur. La partie était très rapide et violente avec des joueurs grimaçants aux cheveux collés aux crânes dégoulinants de transpiration. Les spectateurs encourageaient leur équipe avec véhémence, accompagnée de vociférations. Les acclamations tombaient après chaque point marqué. Le niveau sonore était très élevé au point de ne pas s'entendre respirer. Les crosses fendaient l'air et la balle atteignait parfois des vitesses très rapides. Les joueurs des deux équipes donnaient leur maximum pour marquer des points. Bien que le contact ne fût autorisé qu'avec les épaules, la crosse fendant l'air ratait parfois la balle et se retrouvait dans la tête d'un adversaire. Cela lui explosait le nez, une oreille ou une arcade sourcilière en faisant gicler le sang qui se mêlait à la chevelure en sueur. Les arbitres devaient donc arrêter la partie plusieurs fois afin d'évacuer les blessés. Mais un grand nombre de remplaçants était prévu pour que les équipes soient toujours complètes jusqu'à la fin de la rencontre. Au bout d'un moment, Mervin fut fatigué de toute cette violence et décida de continuer un peu plus loin.

Il arriva à un endroit où se déroulait un combat de lutte, le *gouren*. Il s'agit d'une lutte où les combattants doivent gagner, mais sans vraiment chercher à se faire du mal. Deux adversaires s'affrontent pieds nus sur un sol de terre battue. Si un lutteur touche terre avec une partie de son corps autre que ses pieds, le combat s'arrête le temps qu'il se relève, et reprend quand les deux combattants se retrouvent à nouveau debout face à face. Pour atteindre le *lamm*, la victoire, il faut qu'un concurrent renverse l'autre sur le dos et que ses deux épaules touchent le sol ensemble. Les projections sont autorisées et souvent effectuées avec des crocs-en-jambe. Chacun essayait d'envoyer son adversaire au tapis en employant toute la force nécessaire à faire basculer un homme parfois lourd et costaud, faisant apparaître leurs muscles proéminents, couverts de terre humide et brillants de sueur. Pour cela, les lutteurs s'empoignaient souvent par le *bragoù*, un pantalon noir arrêté au-dessus du genou, ou par la chemise blanche en toile renforcée, ou par la ceinture quand ils arrivaient à y passer la main. Mervin était impressionné par la force surhumaine de ces montagnes de muscles et il grimaçait à chaque fois que l'un ou l'autre tombait au sol dans un bruit sourd. Même Daya sursautait sur son épaule tant il était excité par cette sauvagerie qui se déroulait sous ses yeux, alors qu'habituellement il était plutôt d'une nature calme.

À côté du gouren, se déroulait un lancer de la pierre lourde. Chaque joueur a droit à trois essais. Le lancer doit se faire d'une seule main. Le but est de projeter une pierre d'une vingtaine de kilos tout en restant dans un cercle tracé au sol. L'arbitre vérifie la conformité du lancer et mesure la distance du centre du cercle au point d'impact. Chaque athlète lance la pierre de toutes ses forces le plus loin possible. Celui qui a effectué le lancer à la plus grande distance est déclaré vainqueur. Il faut déployer une force phénoménale pour envoyer cette pierre à plusieurs mètres, mais les athlètes, eux, semblaient balancer ce poids comme s'il s'agissait d'un vulgaire paquet, aussi léger qu'un ballot de chiffon. Ils étaient impressionnants avec leurs carrures imposantes et leurs muscles saillants qui déployaient une force hors du commun ! Des applaudissements avaient lieu après chaque lancer.

À quelques mètres de là, l'épreuve du lever de l'essieu demandait aussi beaucoup de force physique. Le but est de soulever un essieu de charrette le plus de fois possible en un temps donné. L'essai est considéré comme réussi quand l'essieu est tenu à bout de bras au-dessus de la tête, les jambes tendues. Cet exercice très dur faisait souffrir les participants et trembler bras et jambes quand l'essieu était maintenu en l'air. Mervin souffrait avec les sportifs qui rougissaient dans l'effort, transpirant à grosses gouttes et soufflant comme des bœufs au moment de reposer la charge après la validation de l'essai.

Le jeu suivant était le tir à la corde. Ce jeu, mondialement connu, consiste à faire s'affronter deux équipes de six joueurs pour tirer une grosse corde au-delà du repère central placé par l'arbitre. Les hommes, nécessairement pieds nus, et doivent obligatoirement rester debout. Il arrivait que l'un ou l'autre tombe et lâche la corde ; il était alors éliminé sans pitié. Son équipe se trouvait alors en mauvaise posture, car inférieure en nombre face à l'équipe adverse qui avait alors toutes les chances de l'emporter. Chaque équipe était soutenue par un entraîneur qui les stimulait par la voix, aidé par des spectateurs galvanisés qui hurlaient pour encourager leur équipe et insulter les autres. Il fallait là aussi beaucoup de force et de volonté pour gagner chaque épreuve.

Mervin décida qu'il avait eu sa dose de démonstrations de force et d'excitation pour la journée et il continua sa route.

« Tu te rends compte Daya, de la force physique nécessaire pour participer à ces jeux ? »

Daya approuva avec une petite danse improvisée devant les yeux de son maître.

༺

Il entendit soudain une clameur lointaine qui devait provenir du rassemblement d'une foule de personnes agglutinées sur une place. Il y avait sans doute là une grande partie du village, hommes, femmes et enfants. En se rapprochant, il vit que la population était venue assister à une exécution publique, plus précisément à une pendaison, au vu de la potence et de la corde suspendue au sommet ; cela devait sans doute faire partie des festivités. Le chariot amenait le condamné les mains liées dans le dos et qui portait une grande chemise blanche. Il avait un visage fermé et triste, contrairement à la foule qui exprimait sa joie quand elle vit le convoi se diriger vers le gibet. Dans une carriole tirée par un cheval, le condamné se tenait debout pour que tout le monde puisse bien le voir. Les hommes armés qui l'escortaient le firent descendre en l'empoignant pour le faire monter sur l'estrade surélevée où était installée la potence. La foule s'exprima plus bruyamment quand il fut à la vue de tous. Des cris fusèrent de tous les côtés : « Voleur ! » « Assassin ! » « À mort ! », et nombre de quolibets et d'insultes et des jets de fruits ou de légumes qui coloriaient la chemise du pauvre supplicié.

— Quel crime a donc commis cet homme pour être condamné à être pendu ? demanda Mervin à son voisin le plus proche, un homme âgé.

— Il a volé un mouton à son voisin qui l'a surpris en flagrant délit. S'est ensuivi une bagarre où le voleur a réussi à tuer le propriétaire de l'animal avant de s'emparer de la pauvre bête et de l'emmener. La femme du berger, qui avait tout vu depuis sa fenêtre, est accourue vers son mari en hurlant, ce qui a fait fuir le voleur. Mais elle n'a pu que constater son décès. Après les cris et les larmes, elle s'est dépêchée d'aller en faire un récit détaillé au shérif du village. Celui-ci décida de rassembler plusieurs de ses hommes pour arrêter le voleur qui avait tué le mari de la bergère, et récupérer le mouton.

Comme le flagrant délit avait été prouvé et que le voleur avait fini par avouer, le jugement et la condamnation ne se firent pas attendre. Il a croupi quelques jours dans un cachot du comté avant la sentence d'aujourd'hui.

— Mais pourquoi avait-il volé ce mouton ?

— La famine fait rage dans la région et beaucoup de personnes se sont retrouvées sans ressources après plusieurs années de mauvaises récoltes, obligées de voler pour nourrir leur famille. Le berger n'avait pas pu vendre sa laine, car il ne trouvait pas preneur. C'est triste…

Mervin eut de la compassion pour l'homme qui montait lentement les quelques marches qui le menait à la potence. Le bourreau l'agrippa. Il lui passa la corde autour du cou, serra le nœud coulant et recula pour attendre l'ordre du magistrat afin d'ouvrir la trappe et faire basculer le pauvre bougre dans le vide. Au signal, le bourreau activa le mécanisme et le condamné tomba de tout son poids en tendant la corde sous les acclamations de la foule et la grimace de Mervin. Son voisin crut bon de préciser que le bruit sec de la vertèbre cervicale brisée au moment du choc, que l'on entendit de loin, indiquait que l'homme n'avait pas souffert.

Mervin fut choqué d'avoir assisté à ce triste spectacle qui réjouissait les gens et décida de s'éloigner de la place où déjà on emportait le cadavre du supplicié vers le cimetière ou la fosse commune. Il ne pouvait pas comprendre comment on pouvait se réjouir de la mort d'un homme…

— Nous allons essayer de trouver un endroit plus calme loin du brouhaha et de l'agitation de toutes ces mani-

festations de force et surtout de celle de l'exécution. Tu es d'accord, je pense...
Daya approuva avec quelques sifflements fatigués et vint se poser sur l'épaule de Mervin ; ensemble ils allèrent à la quête d'un peu de sérénité.

XVI

Mervin cheminait maintenant dans une forêt assez clairsemée plantée de chênes et de hêtres. Le jour tombait et la nuit s'annonçait claire avec la pleine lune qui diffusait sa lumière blafarde. Au détour d'un chemin, il tomba sur un sanctuaire sacré dans une clairière où il vit une sorcière rousse tracer un cercle magique d'est en ouest en déclamant une incantation pour l'énergie protectrice. Cet envoûtement empêche les démons de passer et bloque les ondes négatives qui pourraient entrer dans le cercle et nuire au bon déroulement du cérémonial. C'était là l'interprétation de ce qu'il voyait, il était trop loin pour entendre les paroles distinctement. Il ne pouvait pas aller plus avant, car le lieu était délimité par une barrière en bois muni d'une grille. Un pic noir avec sa calotte rouge, ami de la sorcière, virevoltait autour de la grille pour interdire le passage, mais seul un lys martagon pouvait la faire s'ouvrir, et il n'y en avait pas dans les environs. Il se dit qu'il serait plus prudent de rester à distance pour ne surtout pas déranger la sorcière et recevoir d'ondes négatives. L'Ombre Noire surveillait Mervin sans qu'il s'en doute, bien caché derrière un chêne centenaire.

Une fois le cercle tracé, on ne doit pas le traverser, sous peine de créer une fracture dans sa protection. La sorcière plaça alors des bougies aux quatre points cardinaux. Trois autres sorcières arrivèrent alors, la saluant pendant qu'elle esquissait un geste pour les faire entrer dans le cercle et la marque tracée au sol avec l'*athamé*, un bâton consacré, pour les faire rentrer dans le cercle.

Puis elle le refermait de la même manière. Cela ressemblait fort à un sabbat, il en était sûr. Une fois toutes les sorcières dans le cercle, elles se placèrent en rond, chacune à point cardinal. Même si la sorcière dirigeante placée au nord était vêtue d'une tenue assez classique et sombre, une longue robe noire et grise avec quelques attributs colorés et quelques breloques ballantes qui se mêlaient à sa longue chevelure rousse, les trois autres avaient choisi de se vêtir de couleurs plus gaies. Celle placée à l'ouest portait une étoffe rose nacrée sur une longue robe rouge, celle placée à l'est portait une robe bleue avec une petite étole turquoise et celle positionnée au sud portait de beaux atours verts dans plusieurs nuances, du vert d'eau ou du céladon, jusqu'au vert olive. Au milieu du périmètre sacré, se trouvait une petite table basse faisant office d'autel avec les objets rituels principaux placés selon la coutume ; au nord du sel pour la terre, de l'encens à l'est pour l'air, une chandelle au sud pour le feu et une coupe remplie à l'ouest pour l'eau. La sorcière rousse dirigeait le rite en prononçant des paroles magiques pour inviter à haute voix chacun des éléments de la nature et des divinités à offrir leurs bienfaits lors du processus. Ce rituel sacré dura assez longtemps, mais Mervin n'en perdait pas une miette. Au bout d'un moment, les sorcières se débarrassèrent chacune de la partie supérieure de leurs oripeaux pour se peindre des signes sur la peau. Mervin put apercevoir alors des rougeurs sur leur corps, des marques de doigts ou des griffures, faites par Satan selon la légende. Quand elles se mirent en mouvement dans une danse rituelle, elles semblèrent possédées, en faisant de grands gestes et en poussant des cris inquiétants avec des mots incompréhensibles pour les non-initiés. Une légende rapportait que les sorcières absorbaient des champignons toxiques (des amanites tue-mouches) pour se rendre au sabbat, ce qui les faisait rapidement entrer en transe. L'incantation se termina avec des remerciements à tous les esprits invoqués. Elles éteignirent les bougies et rangèrent tout le matériel disposé dans le cercle magique. La maîtresse de cérémonie circula dans le sens inverse, d'ouest en est, en suivant le cercle avec l'*athamé* pour faire disparaître le cercle de protection et ensemble, après quelques dernières paroles magiques, elles remercièrent une nouvelle fois les éléments et les dieux pour leur protection avant de se rhabiller et se disperser pour disparaître dans la forêt en se saluant d'un signe de la main.

Mervin avait du mal à se remettre de l'émotion que lui avait occasionnée cette étrange cérémonie, dont il avait entendu parler mais sans jamais l'avoir jamais vue, et malgré la distance qui ne lui permettait pas de comprendre les mots et le véritable sens de ce culte étrange.

L'arbre du Pendu

XVII

Sur son chemin il aperçut, à peine cachée par les herbes, la rune *Eihwaz*, symbole de l'arbre sacré, nichée dans un vieux mur de pierres enserré par un immense ficus qui le maintenait par ses racines géantes. Il sut alors qu'il se rapprochait de l'Arbre du Pendu où restait encore un semblant de corde effilochée à une branche. C'était cette corde, ne tenant plus qu'à un fil, qui donna autrefois à cet arbre sa sinistre réputation. Beaucoup d'exécutions sommaires par pendaison avaient eu lieu ici. L'Ombre Noire, d'un coup de bâton magique, fit apparaître un rapace sur l'arbre afin d'aider Mervin à trouver son chemin. Arrivé à sa hauteur, Mervin vit une chouette harfang des neiges avec sa robe tachetée qui le fixait avec insistance de son regard jaune, perchée sur l'une des ramures de l'arbre mort.
— Bonjour, beau voyageur !
Mervin fut interloqué et étonné qu'une chouette soit douée de parole, mais il en avait vu d'autres…
— Qui es-tu, beau volatile ?
— Je suis Blodeuwedd la révoltée, née des fleurs, transformée en chouette par Gwyddyon à la suite d'une vengeance.
— Que fais-tu par ici, perchée sur cet arbre lugubre ?
— Je suis là pour aider les voyageurs égarés, comme toi, à trouver la bonne direction.
Mervin Collins lui demanda son chemin et elle lui répondit en lui indiquant la route qui menait au lac aux Serpents.

— Tu es sur la bonne piste. Continue plein sud et tu tomberas forcément sur le lac. Mais tu devras encore affronter plusieurs dangers avant d'arriver aux abords de la rivière Boyne et au Lac aux Serpents. Je sais que tu es courageux, mais je te laisse les découvrir en te souhaitant de parvenir à les contrer. J'ai entendu dire que tu étais envoyé par Dordmair et protégé par les dieux pour accomplir ta mission. Ta bravoure et ta détermination te feront réussir au-delà de tes espérances. Et l'aide de Daya, ton oiseau multicolore, te sera également très utile.
— Mais... Comment sais-tu tout ça ?
— Il y a bien longtemps, j'avais une apparence humaine ; quand j'étais belle et puissante, je voyais souvent la rousse Dordmair et nous sommes restées très amies. Quelques druides de passage m'ont également apporté des nouvelles plus ou moins fraîches.
Mervin remercia Blodeuwedd et reprit son chemin en se dirigeant vers la rivière Boyne qui donnait naissance au lac aux Serpents après le ravin des Sorcières.
— Merci pour ton aide, beau rapace. Je sens que je vais bientôt tomber sur l'objectif de ma quête.

La harpe qui joue toute seule

XVIII

LAGUZ

Arrivé près de la montagne aux Loups de sinistre réputation, il aperçut la rune *Laguz*, symbolisant l'eau sous toutes ses formes. Les notes de la harpe magique, en bois de frêne, qui jouait toute seule lui caressèrent les oreilles et lui firent comprendre qu'il était près du but. En effet, la musique de cette harpe merveilleuse était en parfaite symbiose avec l'eau, impétueuse d'abord, suivie d'une cascade, et finissant dans le calme sous la forme d'un petit lac d'eau pure et claire. Mervin, troublé par la musique de la harpe, était dans un état second au point qu'il ne vit pas tout de suite des fées maléfiques jaillir du buisson d'aubépine qui longeait le chemin. Elles étaient toutes de petite taille, sauvages et poilues, avec les orteils à l'arrière et pas de talon. Il sursauta à l'apparition d'Aingeal, *la messagère*, qui bondit de la haie. Il stoppa net tant sa surprise était grande. Même Daya s'envola un bref instant avant de revenir se poser sur son perchoir favori, l'épaule de Mervin. Puis il alla se cacher dans le sac de toile en laissant seulement dépasser sa tête colorée pour ne rien rater de l'échange.
— Nous avons un message de la plus haute importance pour toi, le voyageur ! Il faut absolument que tu nous écoutes.
Il ne connaissait pas ses intentions mais, au vu de son regard sombre, elles lui semblaient belliqueuses. Il ne saisissait pas non plus pourquoi elle utilisait le pluriel en parlant d'elle. Il comprit quand la fée Dubhain lui ap-

parut, chantant sur la musique de l'instrument magique. Elle lui semblait beaucoup moins agressive. Deoch, *la fée des liquides*, se présenta pour lui proposer un philtre qui le rendrait invincible, ce que refusa Mervin.

— Je suis déjà protégé par le torque à têtes de serpent et le poignard portant la rune *Elhaz*...
— Ce philtre, à base de fruits d'aubépine, est cent fois plus puissant que ces ridicules objets qui ne sont que décoratifs. Bois-le et tu resteras invaincu à jamais.
Le temps de la réflexion et du doute, Ena apparut dans une immense flamme qui ne semblait pas consumer la haie d'où elle jaillissait. Elle aussi, lança des injonctions en insistant pour que Mervin boive ce philtre de puissance. Mais il continua obstinément à refuser le breuvage, ne sachant ce qu'il contenait vraiment. Ces sorcières pouvaient très bien vouloir l'empoisonner afin qu'il n'arrive jamais à achever sa mission. Il était certain que le torque à têtes de serpent et le poignard donnés par Dordmair lui offraient suffisamment de protection. Quand parut Dubheassa *la Sombre*, il eut un mouvement de recul tant son aspect était repoussant, telle une cascade d'eau noire mêlée de sang. Quand vint enfin Isleene, *la prédicatrice*, elle eut une vision d'apocalypse.
— Je vois une fin horrible pour toi bien avant que tu n'atteignes ton but si tu ne bois pas cette potion.
Il comprit que ces méchantes fées étaient là pour l'influencer et l'empêcher de réussir à arriver au bout de son chemin. Pourquoi faisaient-elles cela ? Était-ce uniquement par méchanceté ou pour de plus sombres desseins ? Il n'aurait sans doute jamais la réponse à ces

questions. Il réagit rapidement et courut longtemps afin de leur échapper et s'éloigner de ces maudites fées. À bout de souffle, il s'arrêta. En se retournant, il vit au loin la haie d'aubépine intacte.

— Était-ce une illusion, ces sorcières maléfiques qui ont essayé de me corrompre ? J'ai pourtant bien entendu un chant, des prophéties épouvantables et vu une immense gerbe de feu qui n'a pas embrasé la haie d'aubépine !

Mervin ouvrit le sac de toile pour aider Daya à sortir afin qu'il vienne se poser sur son épaule.

— Et toi, Daya, tu as bien vu et entendu ces sorcières qui me voulaient du mal ?

Daya se contenta d'un petit cri, comme un gémissement. Son air terrorisé confirma à Mervin qu'il n'avait pas rêvé.

— Viens, mon oiseau merveilleux, allons vers des contrées moins hostiles.

Il reprit sa route d'un bon pas en direction de la proche rivière Boyne.

XIX

Parfois, certains jours lui semblaient plus longs que d'autres. C'était le cas de cette journée gâchée par une pluie incessante, depuis le matin jusqu'au soir. Il continuait malgré tout à marcher, plus lentement sans s'en rendre compte, car sa mission était plus importante que le mauvais temps. Il s'arrêtait souvent au cours de la journée, fatigué de recevoir toute cette pluie qui le transformait en éponge gorgée d'eau. Il était trempé jusqu'aux os. Daya ne sortait quasiment plus du sac de toile où il s'était réfugié ; il craignait que la pluie n'abîme son beau plumage multicolore et chatoyant. Lors d'une pause vers la mi-journée dans une petite cabane délabrée, mais ne laissant pas passer la pluie par le toit, Mervin se sentit tellement triste qu'il avait l'impression qu'il pleuvait dans son cœur. De son abri de fortune, il vit une petite fille qui passait avec son pot au lait qui débordait à chaque pas, tant il était rempli. Cela lui rappela soudain un souvenir de sa propre enfance qui le fit sourire, quand le lait frais des vaches de la ferme voisine qu'il allait chercher se déversait aussi un peu à chaque enjambée, tant il marchait vite. Il observait aussi deux enfants en haillons, abrités dans une grange remplie de ballots de paille qui jouaient aux dés en riant. Les souvenirs firent monter l'émotion tant cette scène lui rappela qu'il n'avait pas eu souvent l'occasion de jouer aux dés dans son enfance, faute de frère ou de sœur et de n'avoir assez d'amis dans le village pour jouer avec lui car ils devaient travailler dès leur plus jeune âge. À ce moment-là, même ses yeux pleuvaient. Les gouttes scintillantes lui inondaient les joues. Il dut se faire violence pour repartir sous ce déluge interminable en souhaitant que le soleil apparaisse bientôt afin de pouvoir se sécher un peu et changer de vêtements.

XX

Sur sa route, il croisa une compagnie de théâtre ambulant, le *théâtre Flynn,* qui proposait des farces et des saynètes, de courtes pièces pour le plaisir du public. Les saltimbanques itinérants passaient de ville en ville et proposaient de jouer leurs spectacles dans tous lieux ouverts ou fermés.
Humour, chansons, jongleurs, clowns et beaux textes, disaient-ils assez fort pour haranguer la foule en passant dans les villages. *Nos joyeux lurons sont là pour votre plaisir.*
Le bouche-à-oreille aidant, la troupe était très réputée dans la région et même au-delà. Leurs animations plaisaient tellement qu'ils ne trouvaient guère de repos entre les nombreuses représentations. À peine le spectacle terminé, il fallait remballer et se mettre en route pour l'étape suivante et s'installer sur une place de village. Il y avait Odo le clown, un nain trisomique, toujours accompagné d'un dragonnet, un petit dragon agressif nommé Ran qui virevoltait autour de sa tête comme un satellite autour de sa planète. Comme Odo ne tenait pas en place, il effectuait des acrobaties en faisant la roue et d'autres contorsions dans son habit multicolore, ce qui produisait beaucoup de rires parmi les spectateurs. Il espérait que ce n'étaient pas des railleries sur sa petite taille ou son handicap. S'il sentait des moqueries, il lançait son dragonnet sur la personne qui passait un sale moment et s'enfuyait en courant et en hurlant. Mais généralement il avait beaucoup de succès et les gens ravis lui lançaient des pièces de monnaie en

grand nombre qu'il ramassait en remerciant, saluant avec son chapeau bariolé accompagné d'un large sourire derrière son maquillage qui estompait un peu sa disgrâce. Le jongleur Alaric travaillait avec des balles molles et toutes sortes d'objets dont des massues en bois qu'il faisait tournoyer devant lui en les relançant à chaque fois pour créer un mouvement très fluide. La nuit, il utilisait des torches enflammées pour son numéro de jonglage. Les flammes faisaient briller son habit de paillettes avec un effet garanti. Le funambule Tebaldo lui, se pavanait presque nu sur un fil tendu à plusieurs mètres du sol et faisait souvent semblant de tomber pour faire réagir la foule. La troupe proposait aussi des concerts ambulatoires de harpe celtique. La foule en liesse suivait Maughan, la belle harpiste, dotée d'une longue chevelure rousse et bouclée en cascade. Elle portait une longue robe blanche, accompagnée par un autre musicien qui tapait sur son *bodhrán* pour donner le rythme. La farandole pouvait parfois durer jusqu'à l'épuisement. Dans tous les endroits où ils passaient, ces animations plaisaient beaucoup car ils apportaient de la vie et des rencontres dans les villages. La troupe était obligée d'effectuer plusieurs tournées dans l'année afin de contenter tout le monde.

Le hasard fit que Mervin suivait le même chemin que la troupe pendant un moment.

— Je pense que nous allons dans la même direction, dit Mervin à Odo.

— Tu peux bien sûr nous accompagner, lui proposa-t-il.

— Je vous suis avec grand plaisir !

Il fut vite adopté et invité à passer quelque temps avec les artistes qui l'avaient pris en sympathie. Il fut logé et nourri en échange de coups de main ici et là. Il les aidait surtout à monter et démonter leur petit chapiteau où se déroulait le spectacle quand le temps n'était pas de la partie. Il leur raconta sa quête dans les grandes lignes un soir autour du feu où la cervoise avait pris le dessus. En plus, Daya et Ran le dragonnet s'entendaient comme larrons en foire, et faisaient souvent des bêtises ensemble comme des courses effrénées qui les laissaient essoufflés. Après plusieurs jours de rires, de travail et de plaisir, vint le moment où chacun dut prendre un chemin différent. Tout le monde était un peu triste à cette idée. Même Daya et Ran n'avaient plus la vivacité des derniers jours et même si elle n'était pas visible, on sentait la tristesse de la séparation annoncée de ces deux petits êtres merveilleux. L'émotion aidant, les poignées de mains et les embrassades accompagnaient les promesses de se revoir bientôt, personne ne sachant si elles pourraient être tenues. Quelques larmes coulèrent sur les joues des artistes, et Mervin se retourna pour repartir afin qu'ils ne voient pas les siennes.

࿎

Mervin avait dans la tête le souvenir de ces jours heureux avec les artistes extraordinaires de la compagnie Flynn, quand il se fit surprendre par des hommes de Bannshee la sorcière noire, à un moment où il passait dans un petit bois de hêtres assez clairsemé. Il avançait sur le chemin entre de grands arbres quand il fut victime d'un *argopelter*, un être invisible caché dans les troncs qui jette des branches pour blesser les humains passés trop près de leur arbre et qui peuvent les blesser gravement. Mervin se mit à l'abri derrière un gros chêne avant de fuir sans être touché. Il était assez loin pour être hors de portée, quand tout à coup un filet s'abattit sur lui. Il eut beau se démener, essayer de s'en défaire, il était bel et bien prisonnier, pris comme un poisson dans une nasse, sans aucune issue possible.

— Te voilà pris, Mervin Collins. Tu es fait comme un rat ! Hahaha ! fit en riant un des trois hommes qui apparurent soudain.

Ce qu'ils n'avaient pas vu quand le filet s'était abattu sur Mervin, c'est que Daya s'était échappé entre les mailles assez grossières.

— Nous allons te garder au frais quelque temps en attendant les ordres.

— Mais qui êtes-vous ? Que me voulez-vous ?

— Nous sommes des hommes de Bannshee, la sorcière noire. Elle nous a donné l'ordre de te ralentir voire de te garder prisonnier pour que tu ne puisses accomplir ta mission et ainsi annihiler le sort qu'elle a lancé sur Naletacum.

— Vous n'arriverez jamais à m'empêcher de réussir ma quête.

— C'est ce que nous verrons ! Emmenez-le, dit celui qui semblait être le chef du groupe.

Les hommes lui attachèrent les poignets et les pieds pour qu'il ne puisse s'enfuir. Le plus costaud des hommes l'empoigna et le posa en travers de ses épaules pour le transporter comme un boucher avec un quartier de viande. Les trois bandits emmenèrent Mervin dans un petit château en ruines où subsistaient encore quelques parties intactes. Parmi les pièces conservées entières, il restait une prison étroite où Mervin fut jeté sans ménagement avec tout son barda.

— Parfait ! Tel qu'il est saucissonné, il ne risque pas de s'enfuir ! Et personne ne passe jamais dans ce coin perdu. Allons maintenant voir Bannshee pour recevoir de nouvelles consignes, pour savoir ce que l'on va bien pouvoir faire de lui. Si on le garde en vie… Ou pas !

— On pourra le torturer un peu avant de l'occire ? demanda un des hommes.

— Si Bannshee nous demande de liquider, alors oui…

L'homme afficha alors un large sourire qui en disait long sur le supplice qu'il allait lui infliger.

Les hommes se mirent en route pour aller recueillir les ordres de leur fée préférée. De longues heures s'écoulèrent sans que Mervin pût avoir accès à l'eau et au pain, le minimum vital pour un prisonnier. Pendant que les brigands se rendaient chez Bannshee, Daya eut le temps de retrouver les artistes du théâtre Flynn qui avaient établi un nouveau campement pas très loin du dernier, afin de leur demander de l'aide. L'oiseau merveilleux avait volé très vite et réussit rapidement à les retrouver et à se faire comprendre en virevoltant rapidement autour de leurs têtes en indiquant la direction pour le suivre.

— Regardez, dit Odo le clown averti par Ran, très excité. Mervin doit sûrement avoir des problèmes pour que Daya soit revenu seul et aussi agité.

Il demanda à Alaric et à Tebaldo de l'accompagner à la suite de Daya afin de voir ce qu'il en était. Le jongleur emporta une massue en bois pour se défendre au cas où. Daya put se poser sur l'épaule libre d'Odo quand Ran occupait l'autre. Avançant promptement, ils furent rapidement parvenus sur les lieux. Quand Daya vit les ruines du château abandonné, il s'envola et se précipita vers la prison pour indiquer l'endroit à ses compagnons.

— Mervin doit être dans ce bâtiment, dit Alaric.

Il s'avança vers la prison avec sa massue en bois qu'il tenait fermement dans la main pour faire le tour de la bâtisse pendant que les deux autres restaient en attente de renseignements, armés de leurs seuls bâtons pour se défendre si nécessaire.

— Aucune fenêtre, nulle part, juste un petit soupirail avec des barreaux où un humain ne pourrait se faufiler. Il n'y a qu'une seule entrée, par cette porte qui ne semble pas être très solide.

En effet, Alaric et Tebaldo cassèrent la chaîne qui verrouillait la porte avec une grosse pierre avant de rentrer assez facilement en défonçant l'unique entrée.

— Il est là ! dit Tebaldo en montrant une forme humaine gisant sur le sol.

Le clown entra et vit Mervin allongé à terre. En s'approchant, il reconnut son ami et le secoua énergiquement. Mervin fut surpris par le bruit et l'intrusion de ses amis dans sa prison. Il était saucissonné et pouvait à peine bouger. Avec un couteau, Odo le délivra rapidement et avec l'aide de Tebaldo, ils le soulevèrent pour le mettre en position debout et le sortir de sa prison. Il mit un certain temps pour se lever tant ses muscles étaient ankylosés. Ses poignets et ses chevilles blessés le faisaient souffrir mais ses yeux s'habituaient à nouveau doucement à la lumière du jour. Quand il se retrouva à nouveau à l'extérieur, il reconnut enfin ses amis du théâtre Flynn.

— Odo ! C'est vous mes amis, en les regardant tous les trois. Comment m'avez-vous trouvé ?

— C'est Daya qui nous a prévenus. Il est venu jusqu'au nouveau campement et semblait très affolé. Nous avons compris que tu étais en danger et avons décidé de le suivre. Et nous voilà !

Mervin remercia chaleureusement ses amis et Daya, bien sûr.

— Merci Daya, c'est la deuxième fois que tu me sauves la vie !

Daya émit un sifflement qui exprimait son contentement.

— Comment as-tu atterri dans cette prison ? demanda Tebaldo.

— Ce sont les hommes de Bannshee qui m'ont tendu un piège. Ils voulaient m'empêcher d'accomplir ma mission en me capturant avec un filet. Ils m'ont laissé là sans eau ni nourriture.

— Prends ma gourde, dit Odo.

Mervin prit la gourde et en but une longue gorgée. Au moment de la rendre à Odo, celui-ci lui dit :

— Tu peux la garder, j'en ai une autre. Elle te fera penser à nous.

— Merci beaucoup, j'avais vraiment très soif.

— Prends tes affaires et file rapidement avant qu'ils ne reviennent, ajouta le clown.

— Tu as raison Odo, je vais prendre la poudre d'escampette.

— Ils vont être surpris en découvrant ton absence, dit Alaric en souriant.

Mervin remercia une nouvelle fois ses sauveurs avant de repartir.

— Envoie-nous Daya en cas de problème, on sera toujours là pour toi !

— D'accord ! Encore merci de m'avoir délivré si vite. Vous êtes de vrais amis !

Daya et le Ran le dragonnet se saluèrent à leur façon, par des piaillements intempestifs pour l'un et par quelques petites flammes crachées pour l'autre.

Les amis se séparèrent, en direction de leur campement pour les bateleurs et vers de nouvelles aventures pour Mervin et Daya.

XXI

La vaste contrée couverte de prairies, de forêts et de grottes qui se trouvait juste avant le dolmen du Clan des Écorcheurs était réputée être une zone de guerre. Mervin évita soigneusement cette région afin de ne pas se retrouver entre les deux belligérants.

La guerre des korrigans, petit peuple de lutins, trolls et autres gnomes, faisait rage depuis que Lannic, le korrigan à la longue chevelure et aux yeux rouges lumineux avait décidé de séduire l'elfe Elenwe, *l'étoilée*, en l'ensorcelant avec l'éclat du diamant de son regard à l'occasion d'une rencontre fortuite.

Les korrigans vivant dans des grottes ou des dolmens, entraient rarement en contact avec le monde des elfes qui, eux, vivaient plutôt dans les forêts. Mais voilà, il avait suffi que l'elfe Elenwe désobéisse à Arwen, *la demoiselle royale*, en décidant d'aller se promener près des grottes korrigans avec son amie Ninquelote, *la fleur blanche*. Elle était curieuse de découvrir le vaste monde, et faire de belles rencontres. Elle était attirée par l'aventure vers un monde inconnu et les vastes espaces au-delà de la forêt où elle vivait. Wilwarin *le papillon* lui avait déjà fait la cour, mais elle n'avait aucun sentiment pour lui.

— Avec un nom pareil, il ne doit sûrement pas être très sérieux ! se disait-elle.

Elle avait raison de se méfier, car Wilwarin passait d'une fille à l'autre sans jamais réussir à se décider vraiment. C'est en se promenant avec son amie qu'elle croisa le korrigan Lannic qui rôdait dans les environs et avait déjà repéré la demoiselle elfe. Leur rencontre fut un choc, au point de faire fuir Ninquelote qui suppliait son amie de renoncer et de rentrer tout de suite avec elle.

— Viens vite, rentrons ! Cela peut être dangereux ! On ne connaît pas ses intentions ! Les korrigans sont capables du pire, tu le sais…

Mais il était déjà trop tard. Le regard de Lannic avait ensorcelé Elenwe au point qu'elle en était hypnotisée et incapable de bouger. Lannic était saisi par sa beauté diaphane, ses yeux verts en amande et ses oreilles pointues. La petite taille du korrigan ne dérangeait pas l'elfe qui faisait au moins deux têtes de plus que lui. Elle pensait que l'amour ne s'arrêterait pas à ce genre de considération. Leur attrait l'un pour l'autre était évident. À cet instant, ils vivaient un moment de grâce où le temps s'arrête, jusqu'à l'arrivée d'Elros, *écume d'étoile*, le frère de Elenwe, que Ninquelote était allé chercher. Il les vit fixés les yeux dans les yeux et n'osa pas les déranger tout de suite. Au bout d'un moment, il se décida tout de même à intervenir.

— Elenwe ! Que t'arrive-t-il ?

— Je viens de rencontrer mon âme sœur, Elros.

— Tu en es sûre ? Tu ne connais pas ses véritables intentions et, de toute façon, les elfes ne peuvent pas fréquenter les korrigans.

— Nous nous comprenons parfaitement sans mot dire.

— Erreur, il t'a simplement ensorcelée de son regard lumineux.

— Au début peut-être, mais ses yeux ont changé et j'y vois maintenant l'étincelle de l'amour.

Elros s'adressa alors à Lannic.

— Arrête de fixer ma sœur ainsi, tu sais bien qu'un korrigan ne peut aimer une elfe.
— C'est ce que je pensais aussi avant cette rencontre fortuite.
— Vraiment fortuite ?
Lannic ne répondit pas.
— Je vais faire un rapport à Arwen, *la demoiselle royale* et je pense qu'elle n'acceptera jamais cette union contre nature.
— De mon côté, je vais consulter Kérion notre roi, dit Lannic, pour avoir son approbation.
— Tu ne l'obtiendras jamais ! Cette situation peut nous mener à une guerre si tu persistes à espérer cette union, tu le sais.
— Si je n'obtiens pas l'accord de Kérion, je prendrai tout de même le risque d'enlever Elenwe et nous partirons ensemble vers d'autres contrées.
— Tu pourrais au moins lui demander son avis, non ?
Lannic se tourna vers Elenwe, et sans qu'aucune parole ne fût prononcée, elle acquiesça avec un grand sourire. Elros tira sa sœur par la main et ils se dirigèrent vers la forêt des elfes. Lannic retourna dans la grotte principale avec la ferme intention de demander audience au roi Kérion. Ils se retournèrent en même temps avec un regard plein d'espoir.

⚜

Elenwe raconta son histoire à Arwen, en présence de Ninquelote et d'Elros témoins de la rencontre.
— Tu te rends bien compte qu'une telle union ne peut avoir lieu, dit Arwen en s'adressant à Elenwe.
— Mais il s'agit d'un coup de foudre réciproque !

— Il n'en est pas question, m'entends-tu ? Tu t'es laissé embobiner par ce korrigan au regard hypnotique, dont nul ne connaît les véritables desseins. Tu vas rester dans ta chambre avec interdiction d'en sortir. Tu seras gardée jour et nuit. S'il tente quoi que ce soit pour t'enlever, cela risque de déclencher une guerre, en es-tu consciente ?
— Mais...
— Il suffit, coupa Arwen. Tu vas m'obéir !
Elenwe baissa la tête et s'en retourna dans sa chambre à contrecœur.

⚜

Lannnic ayant obtenu audience, avait également du mal à faire accepter cette histoire au roi Kérion.
— Veux-tu risquer une guerre pour une amourette sans lendemain ?
— Il s'agit d'un coup de foudre, mon roi.
— C'est un coup d'épée que tu vas recevoir si tu insistes dans cette histoire sans avenir... J'espère aussi te faire sortir de la tête ces idées d'enlèvement de la tête ! Quelques jours de cachot t'aideront à réfléchir et tu y verras plus clair.
Le roi fit un signe aux gardes qui l'empoignèrent de force.
— Je ne changerai pas d'avis, Kérion. Je l'aime !
— Emmenez-le, ajouta le roi.
Les gardes eurent d'énormes difficultés à le conduire jusqu'au cachot où ils l'enfermèrent en lui jetant un quignon de pain et une cruche d'eau fraîche qui se renversa en touchant le sol.

Elenwe n'ayant plus de nouvelles de Lannic, sortait régulièrement de sa chambre en cachette quand les gardes étaient endormis, en espérant le rencontrer. Mais elle n'eut aucun signe de vie, aucun message. Elle commençait à désespérer. Elle se demandait si cet amour n'était qu'un feu de paille. Au bout de longues semaines d'attente, l'espoir s'amenuisait. Ne voyant plus d'issue, elle prit la décision de ne plus s'alimenter et se laissa dépérir. Ninquelote et Elros se relayaient pour essayer de lui remonter le moral et lui demandant de se forcer à s'alimenter et à boire un peu d'eau pour continuer à vivre. Mais rien n'y fit. En quelques semaines, elle n'avait plus que la peau sur les os, et fatalement, elle expira par un beau matin ensoleillé.

Arwen en déduisit que c'était la faute de ce korrigan si Elenwe n'était plus. Elle décida de leur déclarer la guerre aux korrigans pour laver cet affront. C'est ainsi que depuis ce jour, les elfes et les korrigans étaient devenus irréconciliables et se livraient bataille sur bataille sans qu'il n'y eût de véritables vainqueurs ou vaincus. C'était une guerre sans fin…

XXII

Après avoir fait un grand détour pour éviter la zone de guerre entre les korrigans et les elfes, Mervin fut enfin en vue du dolmen du Clan des Écorcheurs. Il se souvint alors des paroles du vieux Malan qui lui avait vivement conseillé d'éviter cet endroit, mais il commit l'imprudence de s'en approcher tout de même un peu trop. Un énorme triskèle était gravé dans la pierre de l'entrée du dolmen.

Culann, surnommé le borgne, toujours armé d'une arbalète, était le chef de meute. Il portait un bandeau sur sa tête à la suite de l'impact d'une grosse pierre, lancée avec une fronde qui lui avait crevé l'œil gauche. Il dirigeait cette équipe mystérieuse de *fomoirés*, les géants de la mer, composée de borgnes, de manchots et d'unijambistes, qui faisait des ravages dans toute la région. Il y avait aussi quelques *fir-bolgs*, de redoutables guerriers très belliqueux qui pratiquaient aussi le *gai Bolga*, (le jet de foudre), redoutable coup guerrier magique qui ne laisse aucune chance à l'ennemi. Bannis de leurs villages faute d'arriver à s'intégrer dans la société celte, ces hommes vivaient de rapines, de chasse et de pêche. Le groupe se composait d'une dizaine d'hommes seulement, mais armés jusqu'aux dents. Certains portaient des chaînes, d'autres des massues, des haches et des armes bricolées, mais tout aussi meurtrières. Vêtus de guenilles sales et tachées du sang de leurs victimes, ils empestaient la mort à plusieurs lieues à la ronde. Leur cruauté était légendaire et tout le monde tentait de les éviter autant que possible. Tous les voyageurs qui s'étaient arrêtés près du dolmen pour se reposer s'étaient fait dépouiller de toutes leurs affaires, puis écorcher vifs, leurs corps démembrés étant ensuite jetés en pâture aux quatre coins de l'endroit infesté de rapaces. Les volatiles opportunistes se jetaient sur ces repas providentiels, déchiquetant les chairs. Les gypaètes barbus mangeaient les os et nettoyaient les morceaux de corps rapidement sans laisser de traces. Le Clan des Écorcheurs était une horde d'hommes qui rôdaient toujours ensemble en tuant les gens et en violant les femmes. Ils tuaient les animaux pour se nourrir et se protéger avec leurs peaux des grands froids et du blizzard qui soufflait fort et en grandes bourrasques de neige. Après leur passage, ne restaient généralement que des débris. Tous les moyens étaient bons pour trouver leur subsistance, question de survie.

En levant la tête, Mervin aperçut des rapaces tournoyant dans le bleu du ciel. Il décida de ne pas s'approcher plus du dolmen pour éviter les mauvaises rencontres et de servir de repas aux charognards affamés. Il accéléra le pas au point de courir en s'éloignant de ce lieu maudit. Mais il était déjà trop tard, il s'était trop approché du dolmen et il dut s'arrêter net à la vue de plusieurs hommes qui le menaçaient, Culann en tête.

— Qui es-tu, toi ?

— Je suis un voyageur qui explore la région, et je suis en quête d'un endroit pour me reposer.

— Tu n'as pas d'autre but que de voyager ?

— Non, je vous assure…

— Cela ne change rien, dit Culann en avançant vers lui, prêt à le transpercer d'un carreau d'arbalète.

Il fit quelques pas en sa direction, suivi par ses hommes et aperçut alors le torque à têtes de serpent qui ornait le cou de Mervin. Il leva la main pour arrêter la troupe. Il savait qu'il représentait la puissance des dieux et que le porteur bénéficiait de leur protection. Sa peur des divinités était plus forte que son courage et il ordonna à ses hommes de rebrousser chemin.

— Allez les gars, on y va ! Ne perdons pas notre temps ici. Il n'en vaut pas la peine. Il s'adressa à Mervin avant de tourner les talons : tu as eu beaucoup de chance aujourd'hui. Profites-en !

Il lut dans leurs regards que les hommes ne comprenaient pas vraiment pourquoi leur chef avait décidé de laisser la vie à cet homme, mais ils le suivirent sans discuter. Mervin souffla, car il venait d'échapper à une triste fin. Être déchiqueté et dévoré par les rapaces n'était pas vraiment réjouissant. C'était aussi grâce à l'intervention de l'Ombre Noire qui avait fait apparaître un mur invisible entre les écorcheurs et Mervin afin qu'ils ne puissent pas lui faire de mal : le carreau d'arbalète n'aurait pas pu l'atteindre, mais il n'en savait rien. Il s'assit sur un rocher pour évaluer ce à quoi il venait d'échapper et décida, après un moment, de poursuivre son chemin.

XXIII

Mervin en avait assez des repas frugaux uniquement composés de pain, de fromage et de bière noire. Il améliorait parfois son ordinaire de quelques baies sauvages, de fruits, de champignons et de rares petits animaux piégés çà et là. Il dormait à la belle étoile ou dans des granges, dans la chaleur et les odeurs animales. Il décida de se rendre à l'*auberge du Griffon* qu'il savait être une bonne adresse. Quand il fut en vue de l'établissement, ses narines furent caressées par les effluves d'un porc grillé tournant sur une broche. Il entra dans le restaurant et prit place à une table en se réjouissant du merveilleux repas qui allait lui être servi.
— Bonjour aubergiste. J'ai senti une bonne odeur de cochon grillé et cela m'a ouvert l'appétit.
— Bonjour ! Je peux vous en servir une bonne assiette avec une garniture de pommes de mon verger.
— Cela me convient parfaitement !
— Et pour la boisson ?
— Un pichet de votre meilleure cervoise !
— Bien ! On va vous apporter votre commande tout de suite.
L'aubergiste s'affaira à découper de larges morceaux du porcelet pour préparer l'assiette de Mervin. Au bout d'un moment, une très jeune fille, blonde comme les blés d'été, déposa avec un grand sourire une pleine assiette de viande grillée devant lui, garnie de quelques quartiers de pommes.
— Bon appétit !
— Merci beaucoup, dit Mervin.

Un garçon, guère plus âgé que la fille, vint lui poser le pichet de cervoise sur la table avec un gobelet en bois, accompagné d'un petit sourire. Une fois de plus, il se régala de cette bonne viande qui le changeait tant de son ordinaire. Il savourait chaque bouchée comme si elle devait être la dernière. Une fois repu, il reprit son chemin, accompagné de son fidèle oiseau Daya qui ne quittait que très rarement l'épaule de son maître, sauf pour picorer un quartier de pomme que Mervin lui avait mis de côté sur la table.

△

Mervin eut un petit coup de mou accompagné de douleurs abdominales après un tel festin dont il n'avait plus l'habitude. En arrivant dans un gros bourg niché dans une vallée profonde, il s'arrêta à la première maison et alla frapper à la porte. Aucune réponse. Il insista une seconde fois sans plus de succès.

— Vous pouvez frapper longtemps, la personne qui habitait là est malheureusement morte le mois dernier, dit un voisin qui travaillait dans son jardin.

— Ah bon ! Je comprends mieux pourquoi personne ne m'ouvre.

— Que cherchez-vous exactement ?

— J'aurais besoin de voir un médecin ou un druide pour me soigner.

— Dans ce cas, il vous faudra traverser le village jusqu'à une grande maison perchée sur une petite colline. Elle est un peu isolée, vous la trouverez facilement. C'est Yader Quinn qui habite là ; et c'est lui qui soigne la plupart des gens ici. Il les traite avec des mixtures à base

de plantes et de fleurs et sa grande réputation est amplement méritée.
— Merci beaucoup. Je vais trouver...
L'homme observa Daya qui le dévisageait aussi.
— Il est beau votre oiseau !
— C'est Daya, mon oiseau merveilleux qui m'accompagne dans mon périple. Il m'est d'une aide précieuse et avec le temps, c'est devenu un véritable ami.
L'homme souleva son chapeau pour les saluer tous les deux de la main avant de reprendre sa tâche.

▲

En traversant le village, il arriva au milieu d'une grande place où trônait l'immense résurgence d'une source souterraine, la fontaine aux Fées, d'où coulait une eau claire en de nombreux jets scintillants sous la lumière. Elle était sculptée de représentations des esprits de l'eau comme les ondines et les vouivres, ou de l'air, fées et elfes, toutes créatures magiques qui habitaient ces lieux. Des crapauds de pierre ventrus et pustuleux, décoraient son centre en d'énormes gargouilles qui crachaient l'eau en permanence.

Ces fontaines guérisseuses accueillaient toutes les personnes venues faire leurs dévotions en buvant ce liquide sacré à qui l'on prêtait des vertus thérapeutiques et régénératrices. Elles étaient également accompagnées de rites de divination consistant à interroger la fontaine dans l'espoir d'une réponse à des questions sur un mariage heureux, l'espoir de ne pas être stérile, une prochaine naissance, les chances d'une guérison ou encore le sort réservé aux défunts. L'eau provenant des profondeurs de la terre, du *Sidh*, l'autre monde celte, elle était enveloppée de mystère, mais accomplissait parfois des miracles.

Il n'y avait personne près du bassin qui s'abreuvait ou se rafraîchissait. D'habitude, une fontaine est aussi un lieu de vie où les gens se croisent, se rencontrent et échangent les nouvelles pendant qu'ils remplissent leurs récipients. Mais là, aucune animation autour de la source de vie. Mervin trouva cela étonnant. Sa curiosité aidant, il vit des poissons qui nageaient dans le bassin et s'en approcha en se penchant au-dessus de l'eau, il n'y vit pas son reflet. Il eut un mouvement de recul, tant il fut déconcerté. Il ne comprenait pas pourquoi son visage n'apparaissait pas à la surface de l'eau. Sans doute un sort magique ou un autre phénomène inexplicable, se dit-il.

Deux femmes qui passaient par là, virent sa réaction et s'approchèrent de lui.

— Nous avons vu votre surprise quand vous vous êtes penché au-dessus de la fontaine. Vous n'êtes pas de la région, je pense, dit l'une d'elles.

— Non, en effet, je ne fais que traverser votre ville. Mais je n'ai jamais observé ce genre d'effet incompréhensible.

— C'est dû aux représailles de Fidelia Woods, une fée de la région qui s'est vengée, en supprimant le reflet de l'eau, de la trahison de la sorcière Serfafina Willow, qui fut brûlée par la suite, dit l'autre.

— Comment l'avait-elle trahie ?

— Par jalousie. Elle avait profité d'un moment où son ancienne copine Aria Grail, une autre fée devenue la meilleure amie de Fidelia, se retrouvait seule, pour la transformer en un corbeau qui s'est envolé et n'est jamais revenu. Elle pensait ainsi reprendre sa place auprès de Fidelia et redevenir sa meilleure amie pour toujours.

— On raconte que quiconque boit de cette eau sera aspiré et transformé en poisson, d'où leur nombre important dans le bassin. Les plus curieux se sont transformés en gardons, en carpes ou encore en couleuvres. Fidelia Woods ayant disparu à son tour, personne ne sait si elle a levé le sort qu'elle avait jeté. Dans le doute, personne n'ose plus boire ou prélever de cette eau de peur d'être happé par la fontaine.

— Merci pour vos lumières, mesdames. Cela est fort intéressant !

Il se ressaisit avant de demander :

— Je suis bien sur le bon chemin pour trouver la maison du docteur Yader Quinn ?

— Oui, ce n'est plus très loin, c'est la plus grande maison du village.

— Je vous remercie et vous souhaite une bonne journée !

— Bonne journée à vous !

Mervin remercia par un sourire et les deux femmes continuèrent leur chemin en lui rendant son sourire.

᛭

Mervin trouva facilement la maison de Yader Quinn, qui devait effectivement être la plus grande de la ville au vu de sa taille imposante. Il s'en approcha pour toquer à la porte à plusieurs reprises. Un grincement se fit entendre quelques instants plus tard et elle s'ouvrit sur un

petit homme âgé, en surcharge pondérale avec une grande barbe blanche et un crâne dégarni.
— Oui… c'est pour quoi ?
— Bonjour, docteur Quinn. Vous m'avez été recommandé par une personne rencontrée à l'entrée du village.
— Oui, c'est pour quoi ?
Mervin s'aperçut alors qu'il tenait sa main derrière son oreille, sans doute parce qu'il était sourd comme un pot.
— Je suis un peu dérangé par ici, dit Mervin en parlant plus fort et en montrant son ventre.
— Sans doute un excès de bonne chère, jeune homme ! Entrez, nous allons voir cela.
Mervin pénétra dans la maison très peu meublée et suivit le médecin jusqu'à une grande pièce où il officiait. Il était habillé d'un pantalon gris que de longues bretelles soutenaient en passant sur les épaules de sa chemise blanche aux manches retroussées. Les murs étaient couverts de rares panneaux représentant toutes les espèces de plantes et de fleurs, et de meubles à tiroirs dont chacun portait un nom.
— Allongez-vous, je vous en prie… et enlevez votre chemise.
Il s'exécuta, et Daya en profita pour se lover dans le vêtement encore chaud de son maître afin d'y faire son nid pour une petite sieste. Mervin prit place sur un canapé hors d'âge sans doute déglingué par le poids excessif du médecin. Le docteur Quinn s'affairait déjà à choisir les plantes dans ses innombrables tiroirs pour préparer un onguent avec un savant mélange d'herbes et de fleurs.

À chaque ouverture de casier, il commentait pour que Mervin connaisse la composition de son traitement.

— Un peu de radis noir, de la réglisse, de l'artichaut, de la mélisse, de la badiane, de la menthe poivrée, du fenouil et un zeste d'aneth. Je vais prendre l'escabeau pour atteindre les tiroirs du haut, afin d'ajouter quelques fleurs bienfaisantes comme l'achillée millefeuille, du souci et de la camomille ainsi que du millepertuis, très efficace pour chasser les mauvais esprits.

Il écrasa avec un pilon tous ces ingrédients dans un mortier, en y ajoutant le contenu d'une flasque d'une couleur plus que douteuse. Ce savant mélange donna une texture boueuse et colorée par les morceaux de fleurs de souci, que le médecin appliqua sur le ventre de Mervin. Il l'étala largement puis il appliqua une bande de tissu tout autour de son torse pour bien le maintenir.

— Voilà ! Gardez ce cataplasme sur le ventre pendant au moins une journée et il n'y paraîtra plus.

— Merci beaucoup, docteur.

— Je vous en prie ! Revenez me voir si nécessaire !

— Je n'y manquerai pas, répondit Mervin, sachant très bien qu'il ne repasserait pas, sa mission l'obligeant à toujours continuer d'avancer vers le lac aux Serpents.

Mervin fit rouler Daya qui dormait encore, en soulevant sa chemise, et le médecin dut l'aider un peu pour se rhabiller. Il régla son dû et repartit avec le sourire. C'est au moment d'ouvrir la porte pour sortir qu'il aperçut un homme de petite taille particulièrement éméché. Il avait l'aspect d'un homme âgé avec des cheveux roux, vêtu d'un manteau rouge fermé par une boucle d'argent et d'un chapeau pointu et rouge.

— N'ayez pas peur, c'est un *cluricaune* qui squatte ma cave et en ressort parfois. Il est un peu porté sur la bouteille, mais il n'est pas méchant. Sauf si quelqu'un d'autre que moi ne s'aventure dans le cellier.

Mervin se remit de ses émotions et salua en partant, remerciant une nouvelle fois le médecin en partant.

▲

Mervin passa la journée à essayer de ne pas faire tomber l'emplâtre. Il enleva cette pâte de plantes et de fleurs le lendemain ; toutes les douleurs avaient effectivement disparu. Il fallait à présent se laver pour faire partir les traces et l'odeur. Un plongeon dans un étang proche allait lui redonner forme humaine. Ce qu'il fit avec plaisir en se frottant le ventre pour effacer toutes les marques du cataplasme.

— Il mérite bien sa réputation, le docteur Quinn. Je suis en pleine forme. Même si cette rencontre était vraiment nécessaire, elle fut belle et sympathique. Nous allons pouvoir poursuivre notre chemin avec plus de sérénité, n'est-ce pas Daya ?

L'oiseau merveilleux piaffait en exécutant quelques saltos sur son épaule, ce qui faisait beaucoup rire son maître.

XXIII

Alors qu'il rêvassait en marchant, Mervin fut surpris et s'arrêta net quand il aperçut un énorme dragon aux naseaux fumants lui barrer la route. Il reconnut le Dragon du Feu qui se mettait en travers de son chemin en écartant les ailes afin de rendre impossible tout passage. Son corps était entièrement composé de braises, d'étincelles et de flammes bleues et rouges qui composaient une silhouette immense et impressionnante. Seuls ses grands yeux étaient noirs, injectés de filaments de feu.
— Que veux-tu, Dragon du Feu ?
— Aucun mal, rassure-toi. Je viens t'insuffler le courage et l'énergie pour surmonter les obstacles qui t'attendent encore. Cela va t'aider à accomplir ta tâche et à atteindre ton objectif.
Daya fut si effrayé qu'il s'envola. L'Ombre Noire dirigea son bâton vers Mervin pour lui dresser une protection invisible contre le feu. Le Dragon du Feu inspira profondément et cracha bruyamment une longue flamme en direction de Mervin. Il fut si surpris qu'il n'eut pas eu le temps de bouger. La flamme embrasait tout son corps et il sentait bien l'intense chaleur, mais il n'eut aucune brûlure apparente.
— Tu as maintenant la protection des flammes. Tu ne crains plus personne, désormais.
Une fois la flamme disparue, le dragon s'envola dans les airs comme il était venu et sans laisser de traces, à part l'herbe grillée et fumante dans les alentours. Mervin resta sans voix et ausculta toute la surface de son corps. Il ne vit aucune trace de brûlure, mais se sentait rempli

d'une énergie nouvelle, comme un feu intérieur et un enthousiasme puissant pour continuer sa quête. Mais Daya ne revint pas se poser sur son épaule comme à son habitude. Au bout d'un long moment, il l'appela plusieurs fois sans avoir de réponse. Il était vraiment inquiet et se décida à trouver une sorcière, qui seule pouvait faire revenir son oiseau merveilleux. Il avait aperçu, en entrant dans cette ville une maison en bois qui aurait très bien pu être l'antre d'une sorcière. Il retrouva facilement la maison et s'aventura à frapper à la porte. Au bout d'un moment, une vieille femme courbée vêtue de haillons et encrassée au point de ne plus laisser deviner la couleur de ses cheveux, ouvrit doucement la porte.
— C'est pourquoi ?
— Bonjour, je suis Mervin Collins. Je suis désolé de vous déranger, mais j'ai perdu Daya, mon oiseau merveilleux. Pourriez-vous m'aider ?
— Si tu as de quoi payer, je vais voir ce que je peux faire...
— Je peux vous payer, bien sûr.
— Bon, alors entre. Je suis Sérafina Killoran, la meilleure sorcière de toute la région. Tu as frappé à la bonne porte ! Je vais retrouver ton oiseau, tu peux en être certain !
Mervin entra précautionneusement dans un capharnaüm aussi crasseux que sa propriétaire, en essayant de ne rien faire tomber tant les livres, fioles et autres objets étaient disposés en équilibre instable. La sorcière s'installa derrière une table couverte de fioles colorées et fumantes.
— Raconte-moi ton histoire.

— Eh bien voilà. Après avoir croisé la route du Dragon du Feu, Daya a eu très peur des flammes et s'est envolé rapidement, mais il n'est toujours pas revenu se poser sur mon épaule.
— Fais-moi une description de ton oiseau pour que je puisse bien l'imaginer.
— Il est assez petit, très vif et multicolore, comme un guêpier d'Europe.
— Je vois, je vois…
Avec des gestes lents et mesurés, elle posa sur la table un chaudron, une baguette magique en bois d'aulne, une chandelle blanche et fit brûler un peu d'encens de jasmin. Elle ajouta de l'eau dans le récipient, des racines de mandragore, un peu de jusquiame, un mélange de muscade, d'orange séchée, de clous de girofle, d'hibiscus et des feuilles d'eucalyptus.
— Je vais ajouter une feuille de mon laurier, car c'est le seul arbre qui ne peut être touché par la foudre.
Elle alluma alors la chandelle en mélangeant les herbes avec la baguette magique. Elle se concentra un moment en visualisant l'oiseau et prononça une formule :
— Je demande à la Lune et à Neptune de me livrer leur mystère. Que l'endroit où se trouve…
Elle hésita et regarda Mervin.
— Daya, répondit Mervin.
— … Que l'endroit où se trouve Daya me soit clairement dévoilé. Pour son bien, qu'il en soit ainsi.
Ensuite elle filtra le mélange du chaudron dans un récipient et laissa reposer.
— Morphée par la Lune et par Neptune, montre-moi où est Daya. Je te rends grâce pour être exaucée maintenant.

La sorcière but une gorgée du mélange filtré et regarda Mervin fixement dans les yeux.
— Et voilà ! J'ai réussi à faire revenir ton oiseau merveilleux.
Mervin était dubitatif.
— Oui, il est là, dehors. Il t'attend sur une branche de mon cerisier.
Mervin fila vers la porte et l'ouvrit en voyant Daya qui piaffait d'impatience.
— Daya, te revoilà enfin !
Et il vint se poser sur l'épaule de Mervin, son perchoir préféré.
— Ne me refais plus jamais une peur pareille !
Daya s'exprima avec un petit cri qu'il interpréta comme une sorte d'excuse.
Il remercia la sorcière Sérafina en lui déposant son dû dans sa main tendue. Puis il s'éloigna rapidement de cette maison avant qu'elle ne s'écroule.

XXIV

Mervin mit beaucoup de temps à trouver le couloir secret qui passait derrière la cascade, source de la rivière Boyne. Il circula des deux côtés de la chute d'eau avant de trouver le chemin qui lui semblait le plus vraisemblable. Il avait d'énormes difficultés à descendre par le ravin des Sorcières pour rejoindre la rivière qui longeait le précipice jusqu'au lac aux Serpents. Il se collait à la roche glissante, sans beaucoup de prises, et dérapait souvent en se blessant parfois. Il s'écorcha encore plus souvent les mains, les coudes et les genoux. L'Ombre Noire mit ses mains sous ses pieds pour lui faire croire à des marches et l'aider dans sa progression. Après de nombreuses contorsions et avoir sali et déchiré ses vêtements, il trouva enfin une immense grotte cachée par le rideau d'eau. C'est là qu'il rencontra une *fairymaid*, une fée des eaux qui y vivait et qui voulut l'envoûter pour le séduire. Il résista héroïquement, tant elle était belle, mais finit par s'éloigner de cette fée tentatrice en passant la tête puis le corps difficilement dans la cascade, tant la pression du rideau d'eau était grande. Il se retrouva au bord du torrent qu'il décida de suivre, complètement trempé, mais propre et heureux.

⚜

Il longea encore un long moment la rivière Boyne avant d'arriver au lac aux Serpents. Quand il le vit, Mervin fut impressionné par sa taille. Il ressemblait plutôt à une petite mer intérieure. Il entreprit d'en faire le tour complet quand il vit au loin une immense silhouette de forme humaine, construction dont il avait déjà entendu parler. En s'approchant, il se dirigea vers le druide qui semblait superviser cette sorte de chantier.

— Bonjour ! lança Mervin.

Le druide se retourna et le salua.

— Bonjour noble voyageur. Que fais-tu dans cette contrée perdue ?

Ne souhaitant pas dévoiler le but de sa véritable mission, il lui répondit :

— J'aime bien partir à l'aventure pour faire de nouvelles rencontres.

— Tu tombes bien ! Tu vois ces prisonniers assis là-bas ?

— Oui, qu'ont-ils fait de si grave ?

— Parmi eux, il y en a un qui a tué la fée Mélusine un samedi, le jour où elle se transforme en serpent. Il a fendu le crâne de la vouivre, qui porte une boule d'or dans la gueule, sans aucun état d'âme. Et il va être puni pour cet acte horrible qui a ému toute la région.

— Que va-t-il lui arriver, maintenant ?

— Il était prévu de le condamner au gel, mais il ne fait pas assez froid.

— En quoi consiste ce supplice, druide ?

— C'est très simple : on attache l'homme nu à un poteau à l'extérieur. On lui verse régulièrement de l'eau sur le visage pour qu'il gèle et qu'il finisse par mourir. Puis on laisse le corps gelé à la vue de tout le monde pour dissuader d'autres individus de toute intention de commettre de mauvaises actions. Comme il fait trop doux aujourd'hui, ce n'est pas vraiment possible.

Mervin fut déconcerté par l'imagination des hommes pour la cruauté des supplices.

— Qu'allez-vous faire de lui alors ? demanda-t-il.
Le druide se tourna vers le chantier de construction.
— Nous avions aussi décidé de l'enterrer vivant, mais la terre est encore trop dure en ce moment. Comme la fabrication d'un « homme d'osier » avait déjà commencé, nous allons l'y enfermer avec d'autres prisonniers et quelques animaux qui vont être sacrifiés pour apaiser la colère des dieux.
— Il est immense ! Quand il va brûler, il y aura des flammes immenses et sera visible de très loin !
— Oui, c'est le but ! C'est pour que tout le monde voie que les dieux ont eu leur lot de sacrifices et qu'ils sont désormais satisfaits. Il sera bientôt terminé, si tu veux assister à l'embrasement du bûcher, tu peux rester, bien sûr. Je t'invite volontiers à y assister.
— Merci, mais j'ai encore beaucoup de chemin à parcourir et il vaut mieux que je parte maintenant pour arriver avant la nuit.
— Comme tu voudras ! Mais c'est dommage, car le spectacle est grandiose !
— Les gens et les animaux vont certainement hurler très fort leurs souffrances ?
— Oui, évidemment ! Mais l'important est surtout le sacrifice. Si nous ne le faisons pas, il pourrait nous attirer les foudres des dieux qui nous enverraient alors toutes sortes de calamités qui anéantiraient les récoltes et entraîneraient une grande famine, tu comprends ?
— Oui, je comprends. Merci pour tous ces renseignements.
— Avec plaisir ! Et que ta route te mène là où tu veux.
Mervin salua de la main le druide qui se remit à donner

des ordres pour terminer la fabrication de cette cage d'osier démesurée. Au bout de quelques foulées, il s'était déjà éloigné suffisamment du lieu du sacrifice quand il vit les flammes monter dans le ciel et se refléter dans les eaux du lac. Il était heureusement déjà trop loin pour entendre les cris déchirants des suppliciés, hommes et animaux. Il était content de ne pas avoir assisté à ce moment difficile où les flammes prennent des vies innocentes pour la plupart.

Au bout d'une bonne heure de marche, il trouva un coracle au bord de l'eau. Il le poussa dans l'eau et sauta à l'intérieur. Il s'installa pour pagayer vers le centre du lac, en écartant difficilement les tapis de jacinthes d'eau, qui sont une vraie calamité pour les étangs, lacs ou fleuves. Un peu plus loin, il aperçut quelques poissons qui sautaient pour faire des ronds dans l'eau et de petites couleuvres qui ondoyaient à la surface à côté d'énormes

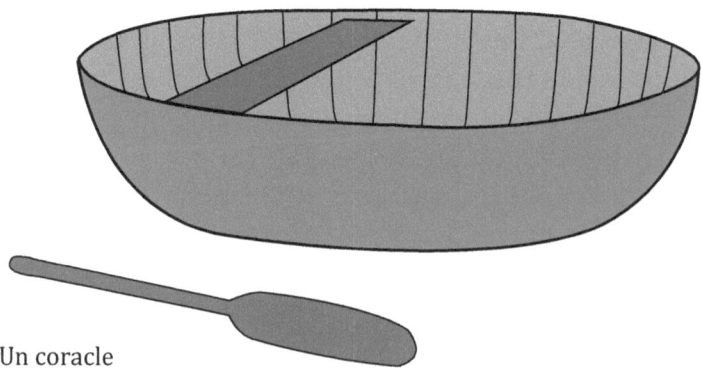

Un coracle

carpes qui se déplaçaient à leur rythme nonchalant. Après une longue observation accompagnée de nombreux coups de pagaie, il cherchait toujours le monstre du regard quand il tomba nez à nez sur le serpent maléfique dont la tête menaçante sortait de l'eau en s'avançant vers lui. En le voyant, il sentit tout de suite qu'il avait trouvé le bon reptile et engagea un long et terrible combat, faisant fi de son aversion pour les serpents. Mais l'Ombre Noire veillait sur lui. Mervin se défendait en essayant de le tuer avec la rame, mais comme il ondulait beaucoup, il lui fallut beaucoup de coups dans l'eau avant de parvenir à le toucher. Il réussit toutefois à le frapper à la tête. Une fois le serpent difficilement assommé, il le hissa péniblement sur la barque. Il s'aperçut alors qu'il mesurait au moins trois mètres de long. Essoufflé après un tel combat, il observa l'animal pour vérifier s'il était bien mort. Dans le doute, il lui donna le coup de grâce avec son poignard. Quand il fut enfin certain qu'il ne bougerait plus, il lui coupa la queue et récupéra le spinelle rouge en le cachant dans son sac de toile puis rejeta le corps du serpent qui coula immédiatement dans les eaux profondes du lac. Rempli de joie et de fierté à l'idée d'avoir réussi sa mission, il s'apprêtait à ramer pour rejoindre la rive quand il fut surpris par un bouillonnement à la surface des eaux dormantes. La Fée des Eaux lui apparut soudain dans un petit geyser, entourée de cygnes ; surpris, il tomba en arrière dans le coracle.

— Que t'arrive-t-il, Mervin Collins ? Tu as réussi à récupérer le spinelle rouge ?

— Comment connais-tu mon nom ?

— C'est la reine de Connaught, qui met en relation le monde visible et le monde invisible qui m'a rapporté la quête que tu poursuis.
Mervin n'était pas trop rassuré.
— Acceptes-tu de m'aider ? demanda Mervin.
— Oui, bien sûr. Je vais te jeter un sort de protection pour que ton retour se fasse sans encombres et que tu arrives au bout de ton exploit.
— Merci… Mais qui êtes-vous ?
— Je suis la Dame du Lac. Mais tu peux m'appeler Viviane.
— Merci beaucoup, fée Viviane.
Elle lui envoya un fluide de protection en dirigeant sa main vers lui, sous la forme d'un voile transparent qui l'enveloppa, avant de disparaître aussitôt dans son château de cristal au fond du lac.

XXV

Une fois le coracle amarré sur la rive du lac, Mervin prit ses affaires et se décida à prendre le chemin du retour. Au bout d'un bon moment de marche, il traversait une grande agglomération quand il entendit monter une clameur aux abords de la ville. Il se dirigea vers les cris de plus en plus présents et s'aperçut qu'il s'agissait d'une fête de mariage qui se déroulait dans une clairière. Un druide demandait le silence pour pouvoir commencer la célébration en lisant son grimoire. Mervin n'ayant jamais assisté à une cérémonie de mariage, s'approcha d'un homme âgé à qui il demanda de lui expliquer la tradition. Il pensait que cela pourrait lui servir quand il épouserait Mélisande Murray, s'il réussissait à rentrer victorieux dans son village.
— Bonjour, je suis Mervin Collins. Je voyage dans la région et je n'ai jamais assisté à un mariage. Connaissez-vous toutes les traditions concernant le mariage ?
— Oui, bien sûr. Je m'appelle Bardthor Campbell et je suis le grand-père de la mariée. Je veux bien vous commenter la cérémonie, avec grand plaisir ! Cela pourra vous être utile un jour, jeune homme ! dit-il avec un petit sourire accompagné d'un clin d'œil.
Mervin eut un petit sourire gêné et Bardthor commença à lui expliquer les traditions.
— La cérémonie traditionnelle du mariage se déroule toujours en plein air pour être plus proche de la nature et de préférence en été, pour coïncider avec la fête de Lugnasa qui a lieu pendant les récoltes. C'est la fête du roi du Monde où les druides allument de grands feux au

sommet des montagnes pour célébrer sa gloire. Elle comporte aussi des jeux et des courses. Les voilages entre les branches symbolisent l'arche qui protège la célébration avec la décoration florale. La mariée a toujours une couronne de fleurs sur la tête. C'est un druide qui officie, soutenu par la douce mélopée de la harpe celtique. Les futurs mariés prennent place dans un cercle avec leurs témoins, et les invités se tiennent debout autour du cercle sacré. Il est tracé par le druide, car lui seul connaît l'endroit bénéfique à cette célébration. Puis il lit les textes sacrés en druidique où il invoque les divinités, les ancêtres et la nature.

Mervin écoutait le druide prononcer ses incantations, sans vraiment en comprendre les paroles, pour les mariés et les témoins, mais aussi pour les nombreux invités.

— Le druide va maintenant demander aux futurs époux de procéder aux échanges de vœux, des anneaux et des offrandes.

Là encore le silence se fit quand le druide leva les bras, afin que toute l'assemblée puisse entendre les promesses des mariés qu'ils firent sans aucune hésitation.

— Maintenant vient le rituel des mains liées. Le druide attache les mains des mariés avec un ruban, comme symbole de leur union. Et la cérémonie se termine par leur saut par-dessus un balai, premier obstacle de leur vie commune. Voilà, c'est fait ! Ils sont mari et femme. Maintenant, place à la danse et au banquet !

Après des applaudissements nourris, les invités s'avancèrent vers les mariés pour les féliciter et leur souhaiter beaucoup de bonheur et des enfants à venir. L'orchestre commença à jouer plus fort pour signifier le début des réjouissances. Pour donner le rythme, le *bodhrán*, petit tambour irlandais, se fit entendre pour soutenir la harpe qui n'avait pas arrêté de jouer durant toute la célébration ; puis le *fiddle* (violon) entra dans la danse, suivit par les flûtes irlandaises (*whistle*) et la cornemuse. La musique, très rythmée, fit entrer les mariés dans la danse rapidement suivis par d'autres couples, pour se mettre en appétit. Ils entamèrent une sarabande endiablée qui semblait ne jamais finir. La danse se transforma en transe. Même les enfants, couronnés de fleurs et pris par la musique, faisaient une farandole qui passait entre les danseurs.

— Pourquoi les enfants portent-ils tous une cordelette rouge autour du cou ?

— Pour les protéger des mauvais sorts d'Acheri, le fantôme d'une fillette à l'aspect squelettique et vêtue d'une robe en peau qui sort la nuit de sa cachette, accompagnée de serpents, pour hanter et contaminer les jeunes enfants. Le fait de porter des habits rouges ou des perles fonctionne également.

Mervin regardait les gens danser joyeusement. De sa place, il pouvait voir toute la fête dans son ensemble. À un moment, son regard se posa sur une femme qui semblait être figée hors du temps, le visage criblé de taches de rousseur, assise un peu à l'écart. Il ne put s'empêcher de questionner Bardthor Campbell sur cette personne qui l'intriguait fortement.

— Oui, c'est Nessa Wilson. Elle a perdu toute sa famille, son mari et ses deux enfants, lors d'une attaque de la horde de Culann, qui a massacré tous les habitants de son village qui n'avaient pu se réfugier à temps dans la forêt. Ils ont brûlé toutes les maisons, après avoir volé les vivres de ces pauvres gens et pillé les réserves qu'elles contenaient. Elle a survécu miraculeusement parce qu'elle se trouvait dans le village voisin pour y vendre quelques légumes. Nous l'avons retrouvée errant au milieu des ruines de son village, pleurant et criant son immense douleur devant les corps sans vie de sa famille. Elle était tellement désespérée qu'elle secouait les cadavres de ses proches dans l'espoir fou de les voir revenir à la vie. Avec quelques habitants, nous nous sommes chargés de l'inhumation de son mari et ses enfants et avons décidé de la recueillir chez nous pour tenter d'atténuer sa douleur et de la faire se reconstruire et entamer une nouvelle vie, même avec une résilience difficile. Elle s'est bien adaptée chez nous, mais ne sort jamais vraiment de sa léthargie. Elle participe à toutes nos activités et nos fêtes, comme aujourd'hui, mais semble toujours ailleurs, dans l'esprit de sa famille disparue, une image qui ne s'effacera sans doute jamais.

— Mais... Que fait-elle de ses journées ?

— Nous lui avons donné une petite maison, qui était restée vide longtemps, après le décès de son dernier occupant. Elle est entourée d'un beau terrain qu'elle a transformé en un grand jardin potager où elle continue à faire pousser des légumes pour les vendre au marché, et quelques fruits aussi...

Le temps de recouvrer ses esprits, Mervin témoigna sa reconnaissance à Bardthor.

— Merci de m'avoir expliqué le déroulement de la cérémonie, mais je vais maintenant vous laisser profiter du banquet…
— Non Mervin, il n'en est pas question ! Reste avec nous, tu es cordialement invité à te joindre à la fête.
Mervin était un peu gêné, mais finit par accepter. Bardthor Campbell lui désigna la table et l'invita à s'asseoir pour faire ripaille. Mervin se réjouissait de faire bombance, surtout sans bourse délier, car il avait bien entamé le pécule réuni par les habitants de Naletacum. Il remarqua que les femmes qui servaient les plats à table avaient toutes la chevelure apparente.
— Qui sont ces femmes qui servent le repas tête nue ?
— Ce sont des esclaves, Mervin, des prisonnières de guerre. Vous n'en avez pas chez vous ?
— Non, nous sommes plutôt des gens pacifiques et n'avons guère l'occasion d'engager de batailles. Nous avons Dordmair, notre sorcière qui sait comment éloigner ce genre de menace.
— C'est pour cela que vous n'avez pas d'esclaves ?
— Exactement ! Chez nous, les gens sont libres.
— La tête nue est le signe distinctif des esclaves mais aussi des prostituées. Elles sont souvent les deux, et comme elles n'ont aucun droit, c'est bien pratique…
Mervin préféra ne pas relever cette dernière réplique.
La table était garnie d'une énorme quantité de victuailles : volailles, cochon grillé et belles pièces de bœuf accompagnées de légumes et de fruits juteux. Il goûta à toutes ces merveilles au point de se retrouver avec un ventre qui avait doublé de volume. Il se dévoua pour tester l'énorme pièce montée de choux, juste par gour-

mandise. Il avait bu plus que de raison, surtout de ce magnifique vin aux épices qui lui faisait un peu tourner la tête. Bardthor lui demanda de goûter un dernier gobelet d'hydromel de sa fabrication. Il n'osa refuser de peur de le vexer et le but un peu vite, ce qui l'acheva complètement. Il s'éclipsa discrètement en remerciant Bardthor encore une fois, avant d'aller se coucher en titubant sur la paille d'une étable et s'endormit rapidement alors que les ripailles continuaient, accompagnées de chants et de danses dans le crépitement des feux, jusqu'au petit matin.

🜛

À l'aube, au moment de repartir, il fut réveillé par Daya et de nombreuses hirondelles qui effectuaient des va-et-vient entre l'extérieur et leurs nids collés aux poutres de l'étable, dans le but de nourrir leur portée. Il sortit difficilement de l'étable et après s'être frotté les yeux, il s'aperçut que seuls les animaux tenaient encore debout. Il y avait des gens éparpillés qui s'étaient endormis sur place, la panse pleine et enivrés par le bon vin et la cervoise. D'aucuns enroulés sur des tonneaux et d'autres affalés sur des sacs ou carrément à même le sol. Le seul encore debout, était Bartdthor Campbell qui se promenait dans le village en constatant les dégâts de la veille.
— Eh, l'ami ! Bien dormi ? dit-il en apercevant Mervin.
— Comme un bébé !
— J'ai de mauvaises nouvelles concernant un village près de chez toi, que m'a rapporté un barde itinérant avant qu'il ne soit trop ivre. Dolaritum, tu connais ?
— Oui, mais c'est loin de chez moi, Bardthor... Mais racontez-moi, je vous en prie.

— Peu importe c'est au nord, quoi.
— Je vous écoute, dit Mervin, ne voulant le contrarier sur son sens géographique.
— Eh bien voilà, je te le raconte tel qu'il me l'a relaté. Il m'a informé que le village était tombé sous la déferlante viking, par un beau matin d'un début d'été qui s'annonçait prometteur. L'effet de surprise fut tel que personne n'eut le temps de prendre une arme, un bâton, une fourche ou un fléau pour se défendre. Dès l'accostage des drakkars sur la plage, l'attaque fut menée par une horde de Vikings lancés à l'assaut du village en poussant leur cri de guerre, le *bardi*, qui avait pour but d'effrayer les gens, menés par leur *hovding* (chef d'expédition) et protégés par leur *hjalmr* (casque) et leur bouclier richement décoré, et armés de leur *ox* (hache) ou leur *sax* (épée). Leur *strandhogg* (raid) fut meurtrier. Ils pillèrent, violèrent, et tuèrent tous les habitants sans merci et mirent le village à sac. Les têtes des premiers roulèrent au sol dans une rivière de sang. Les chaumes des toits furent incendiés et les maisons s'embrasèrent rapidement ne laissant que quelques pierres des murs comme seul témoignage de la présence d'une habitation.
Quelques hommes armés d'épées s'avancèrent tout de même vers l'assaillant avec l'énergie du désespoir. Les lames des épées et des longues lances des Vikings pourfendirent les boucliers et les crânes dont le sang vint rougir leurs boucliers flamboyants. Le village fut rapidement anéanti et après leur passage, il ne resta comme bien souvent qu'un spectacle de désolation, des cadavres gisants à même le sol baignant dans leur sang et

des ruines fumantes. Ils ont capturé quelques habitants en bonne santé pendant leurs pillages, pour les ramener chez eux et les revendre comme esclaves afin d'en tirer le meilleur prix ; leur principal objectif étant de prendre un maximum de richesses dans les habitations et les églises.

Les blessures des Vikings représentaient leur véritable butin et embellissaient leur homme sur le front ou la poitrine. Ils les laissaient saigner pendant au moins une journée avant de les bander, afin d'obtenir le respect des leurs. Les quelques Vikings morts au combat avaient l'honneur de rejoindre le Valhalla dignement, en fonction de leur rang. Dans le cas d'un grand chef, sa dépouille était disposée sur un drakkar et consumé par le feu avec ses armes, de la nourriture, son cheval et du mobilier. Une esclave femme était sacrifiée par une völva (prêtresse) pour accompagner le défunt dans sa nouvelle maison. Le défunt pouvait ainsi continuer sa vie comme sur terre. Tout le village participait aux funérailles. Quand le bateau et son contenu avaient été entièrement brûlés après une longue cérémonie, il était recouvert d'un tumulus pour signaler la présence d'une tombe importante, visible par tous.

Mervin n'en revenait pas de ce qu'il venait d'entendre.
— C'est une terrible nouvelle ! Dolaritum se trouve à plusieurs lieues de Naletacum. C'est le seul village qui a été détruit ?
— À sa connaissance, c'était le seul.
— Merci pour cette triste nouvelle. Mais je suis heureux

que Naletacum n'a pas été touché, même si la défaite que leur avait infligée Dordmair les avait sans doute calmés pour longtemps. Il est temps pour moi de retrouver les miens. Merci pour tout, Bartdthor !

— Avec plaisir, Mervin ! Et bonne chance pour ton retour !

— Merci beaucoup, répondit-il en remplissant sa gourde à la fontaine, suivi d'un rapide brin de toilette, avant de se mettre en marche pour terminer son voyage.

⚜

En traversant le village, il vit plusieurs maisons en construction. De l'une d'elles, un constructeur juché sur un toit le héla :

— Holà, l'étranger, un petit coup de main en échange d'un bon repas et une nuit au chaud ?

— Volontiers ! Il y a longtemps que je n'ai pas fait de travail manuel.

L'homme descendit de son promontoire pour saluer Mervin.

— Bonjour, je suis Bardric Murphy, maître charpentier.

— Enchanté, je suis Mervin Collins. Chez moi, je suis un cultivateur qui parfois devient guerrier pour la défense du village, mais comme le calme règne depuis longtemps, je pars à l'aventure pour ne pas rouiller.

Bardric esquissa un petit sourire avant de s'adresser à lui.

— Viens, il reste un mur à monter et le toit à terminer. Pour le mur, les structures en bois sont déjà en place, il suffit de préparer le torchis, un mélange de terre et de paille, et remplir le clayonnage, une structure en petit bois entrelacé comme un panier.

Mervin se mit à l'ouvrage pour préparer le torchis sous l'œil expert de Bardric, et s'en sortait plutôt bien.

— C'est bien Mervin, on dirait que tu as fait ça toute ta vie !

— J'ai déjà eu l'occasion de préparer du torchis, et ce n'est pas très compliqué.

En quelques heures, il avait monté le mur et il se reposa quelques instants. Il eut à peine le temps de souffler que le maître de la maison vint contrôler son travail.

— Excellent, l'ami ! Tu t'en es bien tiré, lui dit-il en le regardant. Tu as fait beaucoup trop de torchis, mais il va nous servir pour le toit.

Mervin était ravi que son travail ait produit un beau résultat.

— Nous allons terminer le toit pour qu'il soit achevé avant la nuit. L'échelle se trouve de ce côté, lui dit-il en contournant la maison. Suis-moi avec le torchis !

Mervin escalada difficilement l'échelle, l'auge pleine de torchis dans les bras, précédé de Bardric. Il se retrouva sur le toit de chaume, de paille de céréales ou de roseaux, là où les gerbes étaient assemblées pour une isolation parfaite permettant de garder la chaleur dans la maison. Il donna la main pour terminer la jonction entre les deux côtés du toit sur le faîte de l'habitation. L'opération consistait à ajouter du torchis entre les deux parties, puis à le planter d'herbe pour les assembler définitivement et rendre le toit imperméable.

— Voilà ! C'est terminé ! La pluie peut tomber, maintenant. Tu as fait du bon travail. Nous allons souper avant de prendre un repos bien mérité.

Une fois à l'intérieur de la bâtisse, ils se retrouvèrent autour du foyer, le feu central où cuisait le repas. La maison était assez grande pour contenir un métier à tisser auquel travaillait une femme, un grand lit collectif et un berceau d'où sortaient quelques pleurs d'un enfant, sans doute affamé. Daya, qui avait laissé Mervin tranquille pendant les travaux, vint se poser sur l'épaule de son maître pour profiter de la chaleur de la maison. Quand il entendit les cris du bébé, il alla se poser sur le bord du berceau pour lui faire une petite sérénade, mais ne parvint pas à le calmer et revint se poser sur l'épaule de Mervin. La femme du maître de maison s'arrêta de tisser pour aller sortir l'enfant du berceau et les rejoindre près du feu. Elle lui donna le sein, ce qui eut pour effet de le calmer instantanément.
— Je te présente Nevena, ma femme et Isaura, notre fille.
Nevena fit un grand sourire et s'adressa aux hommes.
— Servez-vous, dit-elle, le repas est prêt. Je mangerai après la tétée de la petite.
Les hommes avaient grande faim, et chacun se servit dans la marmite une ou deux louchées de ce ragoût accompagné de légumes dont le fumet embaumait l'air. Ils en remplirent leurs écuelles. Le repas fut assez calme, car leur appétit était grand. À peine terminé, Bardric questionna Mervin.
— Que fais-tu dans la région ?
Mervin ne voulant pas dévoiler le but de sa mission, il lui répondit :
— J'aime voyager et faire de belles rencontres, c'est ce qui m'amène à bouger souvent.

— D'où viens-tu ?
— De Naletacum, dans le nord.
— Tu es loin de chez toi, dis donc. Ta famille ne te manque pas trop ?
— Si, bien sûr ! Mais je suis sur le retour et je compte les retrouver bientôt.
— Tu as hâte de rentrer chez toi, quand même ?
— Oui, bien sûr ! Je vais enfin pouvoir retrouver les miens et tous les habitants du village.
— Bon, tu dois être fatigué et nous aussi, dit-il en se tournant vers sa femme qui acquiesçait. Il ne nous reste plus qu'à aller nous coucher.

L'enfant rassasié, la femme prit son repas puis reposa sa fille dans son berceau et toute la maisonnée alla s'allonger dans le grand lit en se souhaitant une bonne nuit. À peine couché, Mervin se retourna pour éviter les ronflements du maître charpentier qui lui soufflait dans la figure, et il s'endormit comme une masse. Après une nuit réparatrice, Mervin prit le petit-déjeuner en compagnie du couple, du pain trempé dans de la petite bière, une bière peu alcoolisée. Puis il salua ses hôtes en les remerciant sur le pas de la porte pour les bons moments passés ensemble.

— C'est nous qui te remercions, dit le maître en regardant sa femme. Sans ton aide le toit de la maison n'aurait pu être terminé avant la pluie.
— Je l'ai fait avec plaisir !
— Si tu veux rester encore un peu, je peux t'embaucher. Il y a encore de l'ouvrage, par ici.
— J'apprécie votre confiance, mais il est grand temps pour moi de rentrer.

Mervin qui n'aimait pas trop les adieux, les salua et les quitta en les saluant de la main.

— Tu seras toujours le bienvenu chez nous, rajouta Nevena.

— Merci beaucoup, répondit Mervin avec un petit sanglot dans la voix.

Allez, Daya, continuons notre chemin.

⚛

Au loin, il aperçut un cortège d'ombres se déplaçant sur la colline avec des torches, la nuit commençant à tomber. Mervin prit la décision de les rejoindre, car il n'avait qu'un petit village à traverser. À peine eut-il posé un pied devant les premières maisons du bourg, qu'un jet de pierres arriva dans sa direction. Il eut le temps de s'abriter derrière un gros chêne pour voir d'où venaient les projectiles. Il entrevit un petit garçon roux d'une dizaine d'années qui puisait dans ses poches remplies de petits cailloux, qu'il projetait ensuite sur Mervin. Daya s'envola afin de ne pas être la cible de la méchanceté de ce petit morveux. L'enfant était dans un état déplorable ; ses vêtements élimés et crasseux étaient en lambeaux. Des poches trouées lui faisaient perdre ses précieuses munitions. Mervin comprit qu'il était à court de projectiles quand la pluie de pierres cessa. Il sortit de sa cachette pour s'avancer vers l'enfant et vit son étrange regard avec des yeux d'un bleu intense. C'était un gamin trisomique.

— Pourquoi me jettes-tu des pierres ?

— Parce que je ne t'aime pas !

— Comment peux-tu ne pas m'aimer si tu ne me connais pas ?

— C'est comme ça, je te jette des pierres pour voir si tu es méchant.
— Tu as l'impression que je veux te faire du mal ?
— Je ne sais pas, mais j'ai quand même un peu peur...
— Tu n'as aucune raison d'avoir peur de moi, dit Mervin en posant sa main sur sa frêle épaule dans le but de le rassurer.
Celui-ci prit vraiment peur et partit en courant comme s'il avait le diable à ses trousses.
— Vraiment étrange, ce gamin..., dit-il avec un petit sourire.
Après cette rencontre insolite, Mervin se dirigea vers la colonne de flambeaux qui scintillait entre chien et loup. Daya en profita pour revenir se percher sur l'épaule de Mervin.
— Tu as eu peur, mon Daya ?
L'oiseau lui répondit d'un petit cri à peine perceptible. Après avoir gravi la colline, il arriva à la hauteur des premières lumières, Mervin questionna la personne qui semblait diriger la petite troupe.
— Que se passe-t-il ? Où allez-vous ?
— Nous effectuons des recherches afin de retrouver la petite Emeline Maguire qui n'est pas rentrée depuis plusieurs jours maintenant. Nous avons déjà effectué des fouilles dans tout le village et dans les bois autour, sans succès. Notre dernier espoir repose maintenant sur l'ancienne mine de fer désaffectée, le seul endroit où nous n'avons pas encore cherché.
— Puis-je vous aider ?
— Volontiers. Toutes les bonnes volontés sont les bienvenues. Je suis Almaric Byrne.

— Mon nom est Mervin Collins.
— Prends une torche et allume-la avec la flamme de la mienne.
La torche allumée, Mervin avança avec le groupe d'hommes.
— On se dirige vers cette colline truffée de souterrains, vestiges de l'ancienne mine de fer.
Arrivé à l'entrée de la mine, le meneur s'arrêta et s'adressa au reste du groupe qui s'était rassemblé.
— Cette mine est bourrée de galeries qui partent dans tous les sens, comme une artère et ses vaisseaux sanguins. La petite peut être n'importe où, d'où une fouille minutieuse. Formez de petits groupes de deux ou trois hommes pour explorer le maximum de galeries et revenez à l'entrée si vous êtes bredouilles.
Mervin suivit Almaric qui entra dans la galerie principale en s'éclairant de sa torche pour fouiller dans tous les recoins où pouvait se terrer une petite fille de cinq ans. Les petits groupes s'éparpillaient à droite et à gauche de la grande galerie en appelant la fillette pour avoir une réponse, même faible. Chacun fouillait scrupuleusement tous les endroits possibles et imaginables sans aucune trace de l'enfant disparue. Au bout de plusieurs heures de recherche, un grand bruit se fit entendre, en provenance d'une galerie annexe.
— Un effondrement, cria Almaric, c'est terrible !
— Pourvu que la petite ne se trouvât pas à cet endroit !
— Espérons-le, car sinon elle pourrait avoir été ensevelie sous le poids de la terre et de la roche !
— Ne dis pas ça, gardons l'espoir de la retrouver vivante !

— Tu as raison, Mervin, continuons les recherches. De toute façon, il y a des hommes dans tous les tunnels et l'éboulement sera rapidement dégagé.

Les recherches durèrent jusqu'au milieu de la nuit et chaque équipe espérait retrouver la fillette vivante. Tout à coup, un cri déchira la nuit et fit interrompre l'activité nocturne des chercheurs.

— Elle est là ! Elle est vivante ! cria une voix lointaine dans une galerie annexe.

Mervin et d'autres hommes se retrouvèrent dans le souterrain principal pour écouter d'où provenait la voix qu'ils venaient d'entendre.

— On va rester là et attendre que tous les hommes nous rejoignent afin d'identifier le boyau où elle a été trouvée.

— Où êtes-vous ? cria Almaric.

— Nous nous dirigeons vers la galerie principale, lui répondit une voix.

Après de longues et silencieuses minutes d'espoir mêlé d'angoisse, les hommes sortirent de leur souterrain pour se retrouver tous ensemble. Deux hommes apparurent soudain, accompagnés d'une petite fille dans une robe toute sale. Ils furent accueillis avec soulagement et des acclamations.

— Bravo les gars, bon boulot. On va pouvoir ramener Emeline à sa mère qui doit se faire un sang d'encre.

Tous les hommes se mirent en marche vers le village, en direction de la maison de la mère de la fillette. Arrivé devant le seuil, Almaric toqua à la porte. Il se dit qu'elle devait dormir, mais non. Il voulut frapper une nouvelle

fois quand elle ouvrit la porte tout de suite et la gamine lui sauta dans les bras.
— Ma fille ! Ma petite Emeline, te revoilà !
— Nous l'avons retrouvé dans une des galeries de l'ancienne mine de fer.
— Je jouais à cache-cache avec les autres et je me suis perdue, maman.
— À l'avenir, tu éviteras d'aller jouer là-bas, compris ?
— Oui, maman.
— Je vous remercie infiniment, messieurs, d'avoir retrouvé mon petit bonheur.
— Nous sommes heureux de l'avoir retrouvée. Et il faut bien s'entraider entre voisins !
Elle les regarda tous avec les yeux brillants de reconnaissance.
— Encore merci et bonne nuit, dit-elle en fermant la porte.
Elle entreprit d'enlever la robe crasseuse d'Emeline et de lui faire un brin de toilette avant de se coucher en se lovant contre elle pour s'endormir enfin, paisiblement.
— Vous sauriez où je pourrais passer la nuit, demanda Mervin à Almaric.
— Je n'ai pas beaucoup de place chez moi, mais tu peux dormir près du feu si tu veux.
— Merci beaucoup, Almaric.
— C'est normal, tu as participé aux recherches, donc...
Arrivé chez lui, Almaric Byrne, le fit entrer et lui donna des couvertures qu'il installa sur la paillasse près du foyer. Il s'endormit rapidement. Le lendemain matin, il

se réveilla en premier et préféra partir discrètement en composant le mot *MERCI* sur la table avec quelques brins de paille qui composaient sa paillasse.

XXVI

Comme à son habitude, Mervin rêvassait en marchant. Il remarqua au loin le clocher d'une petite église qui dominait un village.

⚜

Après la liberté de culte reconnue aux chrétiens en 313 par l'empereur Constantin, peu de gens adhéraient à cette récente religion. Le christianisme fut décrété religion officielle de l'Empire romain par l'empereur Théodose Ier en 392, qui fit interdire les autres religions.

⚜

Sa curiosité naturelle le mena sur son parvis. Il décida de pousser la porte, même si au premier abord elle ne payait pas de mine. Dès l'entrée, il fut ébloui par la hauteur de la nef, dépourvue de fidèles en prière, soutenue par des colonnes et inondée de lumière solaire ainsi que des reflets multicolores projetés par de nombreux vitraux. Le transept, qui sépare la nef principale du chœur, donnait à l'édifice la forme d'une croix latine. Le chœur, la partie où le prêtre officiait pendant la célébration de la messe, était éclairé par des vitraux encore plus hauts. L'autel, recouvert d'un tissu cramoisi, était recouvert d'objets liturgiques et de nombreuses fleurs fraîches, et entouré de tentures bistre. Il était richement décoré de sculptures finement ouvragées. À côté se trouvait le tabernacle, qui renferme le ciboire contenant les hosties consacrées, et au-dessus duquel pendait la lampe du sanctuaire, dont la flamme symbolisait la présence divine. Il fut ému que tant de beauté et d'harmonie puissent se trouver dans un seul et même lieu.

En sortant de l'église, il marcha un peu pour se retrouver dans de vertes collines, encore ébloui par la beauté de cette petite église. Il ne vit pas tout de suite la sorcière qui tournoyait autour de lui. Était-ce une sorcière bénéfique ou maléfique ? Il eut rapidement la réponse au moment où il faisait une petite pause dans l'herbe. Chevauchant son balai magique, elle piqua sur lui, et avant qu'il ne s'en rende compte, elle avait renversé le sac de toile et subtilisé le spinelle rouge en s'envolant comme une fusée. Mervin était dépité.

— Oh non, ce n'est pas possible, si près du but ! Les prédictions de la fée Isleene sur une fin horrible étaient donc vraies ! Comment vais-je pouvoir rentrer à Naletacum sans le spinelle ? Ce n'est pas envisageable, j'ai fait une si longue route et affronté tellement de dangers pour le trouver. Tant de gens comptent sur moi pour rapporter la pierre précieuse qui seule pourra sauver le village du sort de stérilité jeté par Bannshee.

Daya poursuivit la sorcière en vain pour essayer de récupérer la pierre, mais elle était trop rapide et déjà beaucoup trop loin pour espérer la rattraper. Il revint sur l'épaule de son maître et versa une petite larme accompagnée d'un sifflement dépité.

— Ne t'inquiète pas Daya, tu as fait ton possible. Nous allons trouver une autre solution.

Par chance, Mervin ne se trouvait justement pas très loin de l'endroit où il avait rencontré les fées gentilles. Il décida donc d'aller se perdre dans le buisson d'aubépine pour les faire bouger. Cela ne rata pas.

— Encore toi, Mervin Collins ? Il faut donc toujours que tu me déranges pendant la sieste ! À croire que tu le fais exprès !

— Je suis vraiment désolée Brenna, mais là j'ai vraiment besoin de votre aide.
— Que t'arrive-t-il ? Raconte !
— Emmenez-moi dans votre clairière et je vous expliquerai.
La fée observa le visage de Mervin qui avait vraiment l'air dépité.
— Bien, cela m'a l'air d'être vraiment grave. Suis-moi !
La fée Brenna l'accompagna jusqu'à la clairière où résidaient les fées. En voyant Mervin, elles se précipitèrent pour lui faire un accueil enthousiaste. Toutes les fées avaient entouré le voyageur, mais quand elles virent l'anxiété sur son visage, leurs sourires disparurent presque aussitôt.
— Que t'arrive-t-il Mervin, tu as l'air si triste…
— Oui, c'est vrai. Ce n'est malheureusement pas une visite de courtoisie. Cette fois-ci, j'ai vraiment besoin de votre aide.
— Que se passe-t-il, osa la fée Aveleen.
Toutes les fées étaient tout ouïe quand il raconta l'histoire de ce larcin incroyable.
— Tu es sûr que c'est bien la sorcière Dubheassa qui t'a volé le spinelle rouge ?
— Oui, je l'ai reconnue malgré la vitesse à laquelle elle a filé après avoir commis son forfait.
— Si c'est elle, je sais où elle se cache, dit la fée Ailina, nous allons lui rendre une petite visite.
Elle rassembla toutes les autres fées et après une courte discussion, elles se mirent d'accord sur l'action à mener.
— Nous nous sommes entendues pour t'aider, Mervin. Nous venons d'échafauder un stratagème qui nous per-

mettra de récupérer ta pierre précieuse. Mais si tu viens avec nous, tu risques de faire échouer notre plan, car il n'y a que des fées qui peuvent réussir cette ruse. Tu vas donc rester là en compagnie de la fée Etaine qui va s'occuper de toi et de Daya.
— Mais… Je peux peut-être vous être utile, insista Mervin.
— Non, nous allons nous débrouiller entre nous et te rapporter ton dû rapidement. Au contraire, si tu nous accompagnes, tu risques de faire échouer notre plan. Repose-toi et prends du bon temps, nous ne serons pas longues.
Mervin était un peu surpris, mais il acquiesça.

🔺

Les fées se mirent en route vers le lieu où elles étaient certaines de trouver le repaire de la sorcière Dubheassa. Effectivement, elles furent rapidement en vue de l'antre de la sorcière. Elles se mirent à se cacher derrière les arbres en encerclant la cabane et attendirent les consignes de la fée Ailina qui commandait la petite troupe. Comme convenu, au signal constitué d'une pluie d'étoiles, elles firent apparaître des nuages de toutes les couleurs qui entourèrent la maison ainsi qu'une courte pluie de pierres sur le toit de sa masure. La sorcière, vieille et voûtée, prit peur et après l'averse, elle s'aventura hors de sa maison pour constater les dégâts. Les nuages colorés avaient laissé des traces sur les murs et les pierres avaient crevé par endroits la toiture faite de bardeaux de bois. Elle regarda aux alentours, sans comprendre pas la raison de ce cataclysme, vu que les fées s'étaient rendues invisibles en se cachant dans les arbres. Elle entra dans une rage folle en vociférant des mots difficiles à entendre et à traduire ici.

— Il va falloir que je me rende au village pour commander de nouvelles tuiles de bois avant qu'il ne pleuve à l'intérieur.

Énervée par cette contrariété, elle se transforma en pie et fila à toute allure au village afin de trouver de nouvelles tuiles pour réparer son toit. C'est ce moment-là que choisirent les fées pour investir les lieux. À peine la porte ouverte, deux chats noirs et un corbeau, grands amis des sorcières, en profitèrent pour s'enfuir. Elles eurent du mal à trouver le spinelle, tant le capharnaüm était épouvantable. Il y avait là des fioles, des ouvrages, des objets pour des rituels et un tas de breloques dont elle seule connaissait l'usage.

☘

Parmi les flacons disposés sur une étagère, éclairés par les trous laissés dans la toiture, s'en trouvaient quelques-uns contenant des extraits de peau de crapaud qui, une fois cuits dans un chaudron faisaient un excellent remède contre les maladies de peau. Le foie du crapaud, enterré pendant neuf jours et cuit ensuite, était appliqué sur les verrues qui disparaissaient rapidement. Le liquide toxique extrait de la peau d'une salamandre, animal diabolique, était utilisé pour toutes les sécrétions de la peau. Malgré le vol silencieux des chauves-souris, quelques-unes finissaient inévitablement dans les griffes des sorcières. Une fois brûlée, la cendre s'avérait souveraine pour la confection de philtres d'amour et leur sang, récupéré avant la crémation, servait à laver les yeux pour recouvrer la vue, disait-on.

Pour tous les sorts malfaisants qu'employaient certaines sorcières, un puissant onguent maléfique était composé de sang, de racines de belladone, de cendres, de persil, de mandragore, de laudanum, de ciguë et de pavot noir.

⚜

Elles réussirent finalement à mettre la main sur le spinelle sans trop semer de désordre, pour qu'au retour de Dubheassa, elle ne s'aperçoive de rien. Il se trouvait dans un petit coffre fermé à clé qui ne résista pas à un coup de baguette magique. Et les fées, une fois la pierre récupérée et donc leur mission accomplie, se mirent en route pour retourner dans leur clairière. Quand Mervin vit arriver les fées avec de grands sourires complices, il comprit qu'elles avaient réussi à récupérer la pierre précieuse.
— Vous avez réussi ? C'est formidable !
— Tu osais douter de nous, garnement ?
— Non, bien sûr ! J'étais certain de votre réussite. Naletacum sera sauvé grâce à vous, et je ne vous remercierai jamais assez pour ce que vous venez de faire.
La fée Ailina lui remit la pierre en lui conseillant de la porter plus près du corps. Elle lui cousit une pochette en cuir pour y cacher le spinelle et lui attacha à la taille avec une cordelette. Elle la fixa dans le dos pour qu'elle ne soit pas visible, bien cachée par son baluchon.
— Et voilà ! Comme cela, il sera bien à l'abri des regards et n'attisera plus la convoitise.
— Vous êtes gentilles, je ne sais vraiment pas comment vous remercier !

— Les bonnes actions font partie de nos missions essentielles, tu le sais, tu n'as donc pas à nous remercier.
— J'ai là une bouteille d'hydromel que je vous offre volontiers, dit Mervin en la sortant de son baluchon. C'est le moins que je puisse faire.
— Merci, dit la fée Ailina, nous la boirons à ta santé.
Les regards entre Mervin et les fées se figeaient, et avant que l'émotion ne les submerge, la fée Brenna s'adressa à lui.
— File maintenant, j'aimerais bien pouvoir terminer ma sieste !
Tout le monde sourit à ces mots et Mervin fit demi-tour sans se retourner, précédé par Bakalavi, la fée au corps de rose qui faisait pousser des fleurs sur son passage, qui l'aida à retrouver son chemin et repartir avec son fidèle Daya toujours en poste sur son épaule.

⚜

Mervin marchait d'un pas joyeux afin de pouvoir arriver au bout de sa quête. Quand il aperçut les tours du château de Rhiannon, il décida de faire un crochet pour la remercier de sa confiance et lui raconter son aventure extraordinaire. Il entra dans le château de Montbran, tomba sur le serviteur mou qui l'informa de l'absence de la reine.
— Merci de bien vouloir informer son altesse de mon retour, de la réussite de ma mission et de lui faire part de mes plus vifs remerciements.
— Je transmettrai, répondit le serviteur mollement.
— Je vais également relâcher Daya dans sa forêt, l'oiseau merveilleux qu'elle m'avait confié.

— Bien monsieur, je vais en informer son altesse dès son retour.

En sortant du château, il tint sa promesse de rendre sa liberté à Daya, l'oiseau merveilleux, afin qu'il puisse retrouver sa forêt et tous ses amis. L'oiseau virevolta plusieurs fois autour de Mervin avec des cris de joie avant de rejoindre sa forêt natale.

— Au revoir Daya, mon merveilleux compagnon ! Comme promis, je te rends ta liberté. Merci pour ton aide précieuse !

XXVII

DAGAZ

Le retour de Mervin avait été annoncé par les oracles et la nouvelle se propagea rapidement par le bouche-à-oreille. L'entrée de l'oppidum de Naletacum était décorée d'une énorme pierre gravée de la rune *Dagaz*, qui symbolise l'accomplissement. Son retour au village fut triomphal. Tous les villageois s'étaient réunis pour accueillir leur héros. Mervin Collins alla embrasser sa tante Bertille qui pleurait de joie, avant de remettre le spinelle rouge à la sorcière Dordmair. Il la trouva difficilement en fendant la foule très dense venue l'accueillir joyeusement.

— Tu as réussi, Mervin ! Je n'en ai pas douté un instant. Avec toutes les protections que tu avais, tu ne pouvais pas échouer. J'avais aussi chargé l'Ombre Noire de te protéger, au cas où.

— C'est pour cela que j'avais l'impression d'être suivi en permanence !

— Il est très discret, raison pour laquelle tu ne l'as jamais aperçu. Il se fond facilement de façon mimétique avec les éléments, quels qu'ils soient.

Mervin lui raconta ses aventures brièvement et également le vol de la pierre et l'intervention des fées.

— L'essentiel, c'est d'avoir ramené le spinelle rouge !

⚜

Elle se retira dans le *nemeton*, et avec quelques incantations, les mains levées vers le ciel avec la pierre magique, elle leva le sort jeté par Bannshee. La sorcière Noire, attirée par la clameur, se trouva désintégrée après la levée du sort et transformée en un corbeau qui s'envola en croassant lugubrement. Tout le village était heureux de cette victoire sur le mal et criait la joie de la sérénité revenue.

Mervin s'empressa de retrouver sa bien-aimée Mélisande Murray pour l'embrasser fougueusement, et tout le village fêta la paix retrouvée. Son retour au village coïncidait avec Samain, la fête druidique la plus importante de l'année. C'est la dernière fête de l'année ou plutôt la première de l'année nouvelle. C'est aussi la période du passage entre le monde des dieux et celui des humains. Les festivités durent trois jours et trois nuits. Le premier jour est consacré à la mémoire des héros et à Mervin, le héros du jour, qui racontait à tous les habitants rassemblés ses aventures incroyables sous les cris d'effroi et les bravos. Le deuxième jour est celui des défunts, un moment unique où les humains peuvent communiquer avec les gens du *Sidh*, l'Autre Monde. Le troisième jour est consacré au banquet, inévitable durant ces festivités, pour faire bombance et boire de la cervoise jusqu'à l'ivresse. Dordmair participa à la fête, bien que très fatiguée.

᭠

La nouvelle de la réussite de la mission se propagea comme une traînée de poudre. Tout le monde racontait l'aventure de Mervin Collins de Naletacum en rajoutant un peu d'intrigue pour mettre encore plus en valeur le héros du village. Le bruit était arrivé dans les oreilles des saltimbanques du *théâtre Flynn* qui décidèrent alors de créer un spectacle de marionnettes itinérant afin que tout le monde celtique connaisse les extraordinaires

aventures de Mervin Collins. Ils se dirigèrent vers Naletacum pour retrouver Mervin et lui parler du spectacle qu'ils avaient préparé. La joie des retrouvailles fut immense quand il les vit entrer dans le village.
— Odo ! Alaric ! Tebaldo ! Maughan ! Je suis si heureux de vous revoir, mes amis !
— Tu penses bien que nous n'allions pas rater le retour du héros, dit Odo.
— Je suis vraiment très heureux de vous revoir tous !
— Nous aussi sommes heureux de te retrouver ! Nous avons préparé un spectacle de marionnettes pour relater tes aventures !
— Je suis vraiment ravi de cette idée… Merci les amis ! Vous me faites un grand honneur !

△

Après les embrassades des retrouvailles, il fut décidé d'installer sur la grande place centrale du village une scène surélevée avec un castelet muni de rideaux pour que les gens ne puissent voir les marionnettistes manipuler les figurines avec des fils tendus. Seul Ran le dragonnet était triste de ne pas avoir retrouvé son ami Daya, avec qui il avait fait les quatre cents coups. Le spectacle comportait les personnages principaux rencontrés au cours de son périple, mais malheureusement pas tous car trop nombreux pour une scène trop petite pour tous les accueillir. Ran retrouva Daya pendant le spectacle sous la forme d'une réplique en tissu coloré posé sur l'épaule de la marionnette de Mervin, ce qui le fit voler vers la scène pour reprendre les courses folles qu'il faisait avec le vrai Daya, avec la complicité du manipulateur. Les spectateurs en redemandaient, tant

cette course-poursuite les avait fait rire. Les villageois réagissaient à chaque intrigue bien que Mervin leur eût déjà raconté son histoire à plusieurs reprises. À chaque moment de danger, chaque attaque contre leur héros les faisait sursauter et ils furent soulagés quand il put en réchapper et rentrer au village sain et sauf, sa mission accomplie. Un tonnerre d'applaudissements nourris se fit entendre à la fin de la représentation. Ils savaient qu'avec ce spectacle, la bravoure de Mervin Collins serait reconnue dans tout le monde celte.
— Merci pour ce magnifique spectacle, mes amis ! Afin de vous remercier, vous êtes mes invités pour le grand banquet de ce soir : qu'en dites-vous ?
Les saltimbanques se regardaient avec un petit sourire de connivence et Odo prit la parole.
— Nous pensons accepter ton invitation avec plaisir, Mervin ! dit-il en riant.
Et tout le monde se dirigea vers les tables préparées qui auguraient d'un festin royal, tant elles étaient chargées de victuailles et de boissons divines, pour festoyer jusqu'au petit matin.

᛭

Le lendemain, encore enivrée par les vapeurs d'alcool, la troupe se mit en marche difficilement.
— Nous te remercions pour ces merveilleuses ripailles. Nous allons maintenant cheminer sur les routes de tout le pays pour raconter tes exploits dans toutes les terres celtes et au-delà.
— Merci d'avoir écrit ce spectacle, qui j'espère, aura le succès qu'il mérite.

— Tout le plaisir est pour nous, l'ami. À te revoir !
— Avec plaisir, répondit Mervin en saluant les artistes qui prenaient le chemin vers de nouvelles aventures.

XXVIII

Dordmair avait épuisé toutes ses forces. Elle se retira dans son tertre pour se reposer un long moment avant la fin des agapes. Elle s'allongea sur son lit. Le lendemain, elle fit quérir Brioc O'Donnell, le chef du village et Mervin pour se rendre à son chevet. Elle était très affaiblie par l'énergie déployée pour annuler le sort de Bannshee et ainsi sauver le village. Elle s'adressa à Mervin Collins :

— Je sens que mon heure est proche, Mervin…

— Mais non, c'est juste un coup de fatigue, dit-il pour la rassurer en regardant le chef du village qui n'osait mot dire.

— Non Mervin, c'est la fin, je le sens au plus profond de moi. Je savais que l'immense énergie déployée pour l'annulation du sort de Bannshee m'épuiserait au point d'y laisser ma vie. Mais je ne regrette rien. J'ai fait mon devoir pour protéger l'oppidum et qu'il puisse à nouveau prospérer.

— Mais… Comment allons-nous faire sans une sorcière pour nous défendre ? Bannshee pourrait revenir et lancer un nouveau sort sur le village sans espoir de retour à la sérénité…

— Ne t'inquiète pas, Bannshee ne vous ennuiera plus, la levée du sort l'a définitivement désintégrée et transformée en corbeau. Elle ne pourra plus jamais nuire à personne. Mais j'ai prévu depuis longtemps déjà ma succession. Avec Bridget Crimson, appelée la Blanche, que j'ai formée depuis de longues années et qui pourra me succéder naturellement avec tous les pouvoirs que je lui ai transmis et toutes les nouvelles connaissances qu'elle a acquises auprès d'autres sorcières. Elle a hérité de tous mes pouvoirs et en a développé d'autres encore plus puissants. Elle est encore jeune, mais saura trouver des solutions ; je la connais bien et j'ai confiance en elle. Elle se tourna vers les deux hommes :

— Avec elle, le village sera à l'abri de toutes les menaces, quelles qu'elles soient et d'où qu'elles viennent…

🜂

Le lendemain, tout le village s'était regroupé autour du tertre de la sorcière rousse pour attendre des nouvelles. Les visages n'étaient pas à la fête. Ils se doutaient bien que la fin de Dordmair était proche, mais sans vraiment oser y croire. Un sphinx à tête de mort, messager du diable, virevoltait autour du tertre ; c'était un mauvais présage qui annonçait une disparition prochaine. Quand Brioc O'Donnell et Mervin apparurent la tête basse au sortir du tertre, il y eut des murmures, des questions… Le chef du village s'adressa à la foule.

— Dordmair n'est plus !

Consternation dans les rangs des villageois qui se regardaient un peu désemparés.

— Elle est morte en paix son devoir accompli, en nous annonçant une bonne nouvelle que je dois partager avec vous dit Mervin.

Les gens étaient curieux de connaître cette nouvelle et firent silence.

— Dordmair avait anticipé ce moment et transmis tous ses pouvoirs depuis longtemps à Bridget Crimson, la sorcière Blanche qui saura la remplacer favorablement.

Avec cette sorcière, nous a-t-elle assuré, le village sera à l'abri de toutes les menaces qui pourront peser sur lui car malgré son jeune âge, elle a développé des pouvoirs nouveaux et plus puissants encore que les siens !

La foule était à moitié rassurée car personne ne connaissait cette sorcière Blanche, qui devait arriver au village le lendemain pour diriger la cérémonie et succéder à Dordmair. Les hommes se regroupaient autour de Mervin pour assurer l'inhumation de la défunte. Les uns creusaient la tombe, les autres se mirent à évider un tronc d'arbre selon ses dernières volontés, pour y façonner un cercueil monoxyle. Le trou creusé et le cercueil posé, d'autres hommes firent un petit muret de pierre pour entourer le sarcophage de bois. Puis ils emportèrent le cercueil dans le tertre de la disparue. Dordmair fut enveloppée dans un linceul de lin avant d'être déposée délicatement dans sa dernière demeure faite d'un arbre de vie contenant la mort. Certains hommes entreprirent de purifier le sol de la tombe par le feu pour préparer l'inhumation du lendemain.

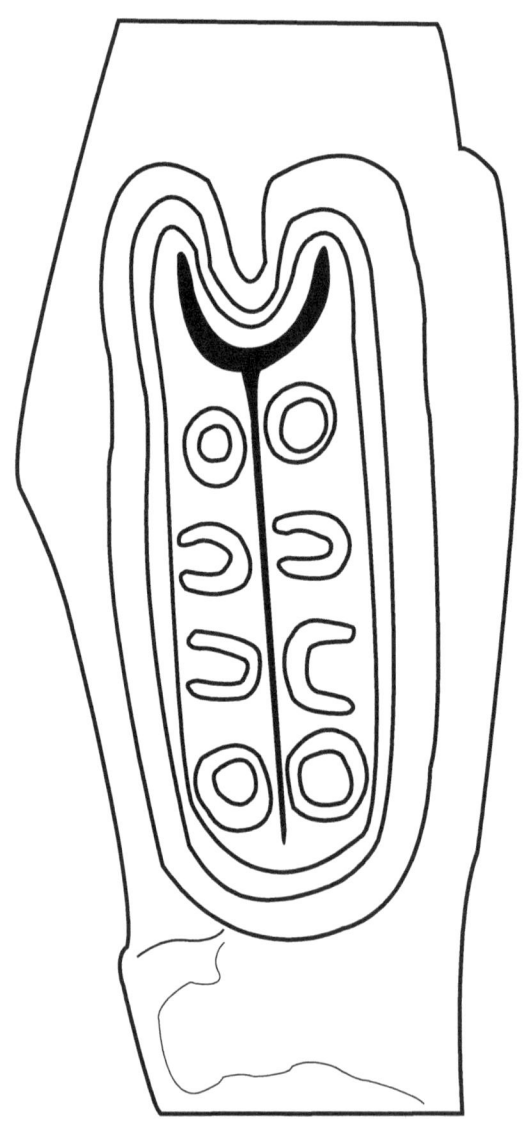

Pierre plate gravée *(d'après photo © Michel Haton)*

XXIX

Le lendemain, tout le village était rassemblé autour du *nemeton*, l'endroit sacré des druides, pour assister aux funérailles. Les hommes qui portaient le dernier véhicule de Dordmair, vinrent le poser délicatement dans le muret de pierre en posant sa baguette magique de coudrier à son côté et quelques amulettes qu'elle avait comme seuls bijoux. Ces objets permettaient à l'âme immortelle de Dordmair de voyager dans sa nouvelle vie. La Blanche, arrivée la veille, suivait le cercueil et se positionna devant la sépulture en se présentant, tournée vers la foule silencieuse.

— Je suis Bridget Crimson, la sorcière appelée la Blanche. Dordmair m'a transmis tout son savoir afin que je devienne sa digne héritière. C'est à moi désormais que revient la lourde charge protéger Naletacum, afin que règnent la paix et la prospérité.

Les gens se regardaient sans savoir quoi penser de cette sorcière inconnue toute de blanc vêtue, de longs cheveux clairs et les yeux bleus. Bridget se retourna face à la tombe.

— Dordmair, toi qui toute ta vie as vaillamment défendu cet oppidum par la force de tes immenses pouvoirs, je te souhaite de reposer en paix dans le *Sidh*, l'Autre Monde celte où tu as ta place. Tu as accompli tellement de choses que je vais faire tout mon possible et plus encore, afin de me montrer digne de toi et à la hauteur de ta confiance.

Les hommes recouvrirent la sépulture par d'une immense pierre plate gravée. Après un intense moment de recueillement, les villageois tristes se dispersèrent et la Blanche entra prendre sa place dans le tertre de Dordmair la Rousse pour tenter de lui succéder dignement.

XXX

Naletacum prospéra à nouveau. La vie reprit grâce aux pouvoirs de la sorcière Blanche qui fit ses preuves rapidement en éloignant des mauvais sorts et des calamités de toutes sortes. Elle gagna ainsi la confiance des habitants, et fut intronisée, lors d'une cérémonie présidée par Brioc O'Donnell, sorcière officielle du village. Les épousailles de Mervin Collins et Mélisande Murray furent fêtées dignement avec un immense banquet, comme il se doit. Et l'oppidum retrouva sa tranquillité, et vit naître de nouvelles générations, comme en témoignait, quelques mois plus tard, le ventre arrondi de Mélisande…